北欧
文学译丛
N

# 关于同一个男人简单生活的想象

Forestillingen om et
ukompliceret liv med en mand

[丹麦] 海勒·海勒 著

郗旌辰 译

中国国际广播出版社

# 绚丽多姿的"北极光"

## ——为"北欧文学译丛"作的序言

石琴娥

2017年的春天来得特别地早，刚进入3月没有几天，楼下院子里的白玉兰已经怒放，樱花树也已经含苞待放了。就在这样春光明媚、怡人的日子里，我收到中国国际广播出版社文史编辑部主任张娟平女士打来的电话，想让我来主编一套当代北欧五国的文学丛书，拟以长篇小说为主，兼选一些少量有代表性的短篇小说、诗歌等，篇目大约为50—80部左右。不久之后，中国国际广播出版社的王钦仁总编辑和张娟平主任又郑重其事地来到寒舍，对我说，他们想做一套有规模、有品位的北欧文学丛书，希望能得到我的支持，帮助他们挑选书目、遴选译者，并担任该丛书的主编。

大家知道，随着电子阅读器和智能手机的普及，越来越多的人通过电子设备来阅读书籍。在目前的网络和数码时代，出现了网络文学、有声书和电子书，甚至还出现了人工智能创作的作品，纸质书籍受到极大冲击，出版纸质书籍遇到了很大困难。有的出版社也让我推荐过北欧作品，但大都是一本或两本而已，还有的出版社希望我推荐已经过版权期的作品，以此来节省一些成本。而中国国际广播出版社却希望出版以当代为主的作品，规模又如此之大，而且总编辑又亲临寒舍来说明他们的出版计划和缘由，我被他们的执着精神和认真态度所感动，更被他们追求精神品位的人文热情所感动。我佩服出版社的魄力和勇气。面对他们的热情和宝贵的执着精神，我怎能拒绝，当然应该义不容辞地和他们一起合作，高质量、高品位地出好这套丛书。

大家也许都注意到，在近二三十年世界各国现代化状况的各类排行榜上，无论是幸福指数，还是GDP或者是人均总收入，还是环境保护或者宜居程度，从受教育程度和质量、医疗保障到养老、失业等社会保障，还有从男女平等到无种族歧视，等等，北欧五国莫不居于世界最前列，或者轮流坐庄拿冠夺魁，或是统统包圆儿前三名，可以无须夸张地说，北欧五国在许多方面实际上超过了当今世界霸主美国，而居于当今世界发达国家最前列，成为世界现代化发展中的又一类模式。

大家一般喜欢把世界文学比作一座大花园，各个时期涌现出来的不同流派中的众多作家和作品犹如奇花异葩、争妍斗艳。北欧文学是这座大花园里的一部分，国际文学中，特别是西欧文学中的流派稍迟一些都会在北欧出现。北欧的大自然，由于地理位置、自然环境和气候条件，没有小桥流水般的婀娜多姿，而另有一种胜景情致，那就是挺拔参天、枝叶茂盛的大树，树木草地之间还有斑斓似锦的各色野花和大片鲜灵欲滴的浆果莓类。放眼望去，自有一股气魄粗犷、豪放、狂野、雄壮的美。北欧的文学大花园正如自然界的大花园一样，具有一股阳刚的气概、粗豪的风度。它的美在于刚直挺立、气势崴嵬。它并不以琴瑟和鸣般珠圆玉润和撩拨心弦的柔美乐声取胜，却是以黄钟大吕般雄浑洪亮而高亢激昂的震颤强音见长。前者婉转优雅、流畅明快，后者豪迈恢宏、气壮山河。如果说欧洲其余部分的文学是前者的话，那么北欧文学就是后者。正如鲁迅所说，北欧文学"刚健质朴"，它为欧洲文学大花园平添了苍劲挺拔的气魄。以笔者愚见，这就是北欧五国文学的出众特色，也是它们的长处所在。

文学反映社会现实。它对社会的发展其功虽不是急火猛药，其利却深广莫测。它对社会起着虽非立竿见影却又无处不在的潜移默化作用。那么，北欧各国的当代文学作品是如何反映北欧当代社会的呢？它对北欧各国的现代化发展是不是起了推动促进作用了呢？也许我们能从这套丛书中看到一些端倪。

北欧五国除了丹麦以外，都有国土位于北极圈或接近北极圈。北极光是那里特有的景象。尤其到了冬天夜晚，常常能见到北极光在空中闪烁。最常见的是白色。当然有时也能见到五彩缤纷、绚丽多姿的北极光。北欧五国的文学流派众多，题材多样，写作手法奇异多姿，犹如缤纷绚丽的北极光在世界文坛上发光闪烁。

北欧包括 5 个国家：丹麦、芬兰、冰岛、挪威和瑞典。讲起当代的北欧文学，北欧文学史上一般是从丹麦文学评论家和文学史家勃朗兑斯（Georg Brandes，1842—1927）于1871 年末在丹麦哥本哈根大学所作的《十九世纪文学主流》算起，被称为"现代突破"。从 19 世纪的 1871 年末到目前21 世纪的 2018 年近 150 年的时间里，一大批有才华的作家活跃在北欧文坛上。在群英荟萃之中，出现了几位旷世文豪，如挪威的"现代戏剧之父"亨利克·易卜生，瑞典文学巨匠——小说家、戏剧家斯特林堡和荣获诺贝尔文学奖的第一位女作家、新浪漫主义文学代表塞尔玛·拉格洛夫，丹麦

1944年诺贝尔文学奖获得者约翰纳斯·维尔海姆·延森和芬兰的批判现实主义作家约翰·阿霍等。"北欧文学译丛"拟以长篇小说为主，间选少量短篇作品，所以除了易卜生，因其作品主要是戏剧外，其他几位大家的作品我们都选编进了本系列。这些巨匠有的是当代北欧文学的开创者，有的是北欧当代文学中各种流派的代表和领军人物，都是北欧当代文学中的重要作家，他们的作品经历了时间考验。

在北欧文坛中，拥有众多有成就有影响的工人作家是其一大特色。有的还获得了诺贝尔文学奖，成为世界级的大文豪。这些工人作家大多自身是农村雇工或工人，有过失业、饥饿或其他痛苦的经历，经过自学成为作家。他们用笔描写自己切身的悲惨遭遇，对地主、资产阶级剥削和压榨写得既具体细腻，又深刻生动。正是他们构成了北欧20世纪以来现实主义文学的主流。在这些工人作家中最突出的有丹麦的马丁·安德逊·尼克索和瑞典的伊瓦尔·洛-约翰松等。对这些在北欧文坛上占有重要地位的工人作家的作品，我们当然是不能忽略的，把他们的代表作选进了这套丛书之中。

除了以上这些久享盛誉的作家外，我们也选了新近崛起的、出生于1970和1980年代的作家，如出生于1980年的瑞典作家乔安娜·瑟戴尔和出生于1981年的挪威作家拉斯·彼得·斯维恩等。他们的作品在北欧受到很大欢迎，有的被拍成电影，有的被搬上舞台。这些作品，虽然没有经历过时间的考验，但却真实地反映了目前北欧的现状，值得收进本丛书之中。

从流派来看，我们既选了现实主义作品，也不忽略浪漫主义、超现实主义和意识流的作品，力求使读者对北欧当代文学有个较为全面的印象。从作家本人的情况看，我们既选了大家公认的声誉卓越的作家的作品，也选了个别有争议作家的作品，如挪威作家克努特·汉姆生，他是现代挪威、北欧和世界文坛上最受争议的文学家。他从流浪打工开始，1920年成为诺贝尔文学奖得主，晚年沦为纳粹主义的应声虫和德国法西斯占领当局的支持者，从受人欢呼的云端跌入遭国人唾骂的泥潭，而他毕竟是现代主义文学和心理派小说的开创者和宗师，在20世纪现代文学中扮演了承上启下的转型角色。我们把他的"心理文学"代表作《神秘》收进本丛书。这部作品突破传统小说的诸多常规要素，着力于通过无目的、无意识的内心独白，以及运用思想流、意识流的手法来揭示个性心理活动，并探索一些更深层次的人生哲理。1978年诺贝尔文学奖得主、美国作家艾萨克·辛格说："在我们这个世纪里，整个现代文学都能够追溯到汉姆生，因为从任何意义上他都是现代文学之父……20世纪所有现代小说均源出汉姆生。"我们把这个有争议作家的作品选入我们的丛书，一方面是对北欧和世界文学在我国的译介起到补苴罅漏的作用，另一方面也可进一步了解现代文学的来龙去脉，以资参考借鉴。

总之，我们选材的宗旨是：把北欧各国文学史中在各个时期占有重要地位作家的代表作收进本丛书。虽然本丛书将有50—80部之多，但是同150年的时间长河和各时期各流派的代表作家和作品之多比起来，这些作品还是不能把所有重要作家的作品全部收入进来。譬如瑞典作家扬·米尔达尔（Jan Myrdal，1927—　）是20世纪60年代中期出现的一种新兴文学——报道文学的代表人物之一，他的《来自中国农村的报告》（1963）成为当时许多国家研究中国问题的必读参考材料，被译成十几种文字多次出版。尽管他的这本书因材料详尽、内容真实、记载细腻而风靡一时，但在这套丛书中，不得不割爱，而是选了其他在国际上更为著名的瑞典作家作品。

本丛书中的所有作品，除了极个别以外，基本都是直接从原文翻译，我们的目的是想让读者能够阅读到原汁原味的当代北欧文学。同英语、俄语、法语等大语种翻译比起来，我们直接从北欧语言翻译到中文的历史不长，译者亦不多，水平不高，经验也不足，译文中一定存在不少毛病和欠缺之处，望读者多多包涵，也请读者给我们提出宝贵的建议和意见，便于我们改进。

本丛书能够付梓问世，首先要感谢中国国际广播出版社社长张宇清先生和总编辑王钦仁先生，没有他们坚挺经典文化的执着精神和开拓进取的勇气，这部丛书是不可能跟读者见面的。我还要感谢本书所有的编委，是他们在成书过程中做了大量工作，从选材、物色译者到联系有关国家文化官员和机构，都付出了辛勤的劳动。不仅如此，他们还亲自翻译作品。没有他们的默默奉献和通力合作，这部丛书是难以完成的。在编选过程中，承蒙北欧五国对外文化委员会给予大力帮助和提供宝贵的意见，北欧五国驻华使馆的文化官员们也给予了热情关怀，谨向他们致以衷心的感谢。对编选工作中存在的疏漏和不足，还望读者们不吝指正。

2018 年 6 月
于北京潘家园寓所

石琴娥，1936年生于上海。中国社会科学院外国文学研究所北欧文学专家。曾任中国－北欧文学会副会长。长期在我国驻瑞典和冰岛使馆工作。曾是瑞典斯德哥尔摩大学、丹麦哥本哈根大学和挪威奥斯陆大学访问学者和教授。主编《北欧当代短篇小说》、冰岛《萨迦选集》等，为《中国大百科全书》及多种词典撰写北欧文学、历史、戏剧等词条。著有《北欧文学史》、《欧洲文学史》（北欧五国部分）、"九五"重大项目《20世纪外国文学史》（北欧五国部分）等。主要译著有《埃达》《萨迦》《尼尔斯骑鹅旅行记》《安徒生童话与故事全集》等。曾获瑞典作家基金奖、2001年和2003年国家图书奖提名奖、第五届（2001）和第六届（2003）全国优秀外国文学图书奖一等奖、安徒生国际大奖（2006）。荣获中国翻译家协会资深荣誉证书（2007）、丹麦国旗骑士勋章（2010）、瑞典皇家北极星勋章（2017）等。

# 译　序

　　第一次接触海勒的作品是在写本科毕业论文的时候，导师得知我想写关于丹麦文学的话题，建议我去读读海勒，因为她的作品"比较好读"，词句简单，不难理解（后来我发现这些都是骗人的）。

　　网上一搜，海勒·海勒，1965年生人，以其极简的现实主义风格闻名，作品已有20种语言的译本。曾于哥本哈根大学就读丹麦文学，后于1991年进入丹麦作家学院。她的作品注重描写社会中的普通人，描写人际关系中的"灰色地带"，即那些不被人探讨的细腻情感，或委屈，或别扭。我找来了海勒的四部作品，通读之后选定了这一本。

　　这一本是她很特别的作品，从标题开始便有些反海勒的风格。她的书标题通常很短，今年最新的一本标题就一个词，翻译过来叫"他们"。但这一本光丹麦文就是两行，我翻译的时候也是焦头烂额，觉得怎么翻都不顺口。

　　去年十二月，我去哥本哈根参加一个中丹翻译会，主办方极其重视中国国际广播出版社"北欧文学译丛"的出版，拿海勒这本书的第二十章做样本，发给参会的译者一起讨论其中翻译的难处，还特地在第二天邀请了海勒来做讲座。这一讨论可好，我觉得导师当年给我描述的是个假海勒。她的作品短是短，可好读却说不上，因为一字一句都是她认真斟酌过的，故事都藏在字里行间。我第一遍读这部作品，觉得它是灰色的（内容我就不透露了），结果问了几位丹麦的朋友，他们说这本书好笑得很。我急了，幽默是最难实现文化互通的，不知道中国读者能体会多少？

第二天海勒来做讲座，穿着她标志性的黑色连衣裙，头发还是梳得一丝不苟，很是优雅。她谈了很多关于这部作品的故事。她说这本书有点像她的"冲动之作"，因为她之前的作品被有些评论员批判说没有情节，没有故事。她一气之下决定下一本书，不管写什么，开头就一定要死个人。在场的译者都笑了，我也觉得她这一点做得十分可爱。我不难理解那些评论员，只能说他们或许不够细腻，或者只是没有细腻到去体会海勒的作品。我在研讨会上也给海勒讲了这个故事：我是个喜欢透过窗户看别人家的"偷窥者"，不是站定了看，只不过是开车的时候经过，或者走路的时候一转头，每次只有一瞬间。有的时候看到一对年轻的夫妻吵架，有的时候看到老奶奶读报纸。记得最清楚的是有一次看到一个女孩靠在窗边，若有所思地摸着一只白猫，就不到三秒的时间，我却一直忘不掉。好像一下子走进了别人的生活，然后又悄声地退去。我觉得这就是海勒的作品。她在一个女人几十年的生活里摘取了一个片段，又在一个普普通通的日子带我们离开，我们所读到的只是一个故事，甚至未完的一个故事，但人物的内心绝非毫无波澜。评论家们觉得这个故事太平凡，是因为他们不知道在这个女人心里发生了多少次挣扎。那次会上，海勒听了那个白猫的故事，回给我的第一句话是她很高兴这部作品由我来翻译。

　　海勒还给我们描述了一下她写作的方法，她说自己是个极尊重语言的作家，创作最新的一本《他们》花掉了八个月的时间，每天就是写作，推掉了所有的演讲和访谈。最后一遍修稿，她要把一页里有重复的词都挑出来，非要替掉一些才罢休。她还说，她觉得文学是没法翻的，她替换掉的那么多词，我怎么知道呢？她在那里苦思冥想，替换掉哪一个更好，要换成什么，另一个词有多大的区别，我又从何问起呢？还有那些晦涩的丹麦幽默感，我真的能让中国读者发笑吗？

我不能保证，甚至我担心中国读者根本不会觉得这本书哪里好笑，就像北欧电影一样难以感知。但是我在读这部作品的时候，内心是有强烈共鸣的。主人公苏珊娜是个女人，我也是。我能感觉到她的委屈，她的愤怒，她的欲望。甚至有些她做过的事，我这个二十几岁的女孩也做过。我不知道她多大，也不知道她住在哪里，这也是海勒的写作特点，她尝试去隐瞒时间地点。但是如果这是个普通的女人，描写的是人类共同的感受，那些事实又有多重要呢？我知道文学是难翻的，而且这本书不简单，但是假如我能把自己感受到的共鸣传递给中国的读者，那翻译这份工作就是有价值的。

在此，我想感谢我在北京外国语大学丹麦语专业的老师们。一门语言就是一扇门，你们为我打开了这扇门，而我至今还在这个新世界里探索。海勒女士一直耐心地回答我的疑问，简短地说，她是个优雅的女人，一位极认真的作家，我真心希望有机会可以把她其他的作品介绍到中国。还有出版社的各位编辑，感谢你们为北欧文学传播付出的努力和在本书出版过程中对我的帮助。最后，我想感谢我的妈妈，我知道你肯定又要早早地跑到书店去买这本书，逢人就夸，搞得我不好意思，但是谢谢您一直以来对我的支持。

郗旌辰

2018 年 6 月 4 日

丹麦哥本哈根


郗旌辰，北京外国语大学丹麦语专业学士学位，丹麦奥胡思大学国际学专业硕士学位，专业从事丹麦语翻译数年，译有童书"蚂蚁侠"系列。

# 第一章

苏珊娜坐在车里，拍了一下脑袋。明天就是圣诞节了。天空中飘着雪。

圣诞树已经装饰好，浴室也打扫干净了，只剩下鸭子和圣诞游戏的奖品还没买。

她是超市里的第一位顾客，结果走到收银台时才发现自己带来的是瑜伽包，钱包还在那个手提袋里。她自嘲起来，收银台的女人也跟着笑。"圣诞快乐！"离开的时候超市经理在身后喊道。"啊！我还得回来买我的鸭子呢！"

她又拍了拍脑袋，觉得自己刚说的话真蠢。

她把打着空挡的车停在门外，进屋去拿钱。屋里还是一片寂静。基姆在睡觉，他昨天睡得很晚。她醒来几次，听到他在厨房里翻东西。

她走进客厅找手提袋，袋子就躺在沙发下面。

电话响了，她拿起听筒。是波从新西兰打来的，他借了酒保的手机，背景音很杂乱，听起来还有电玩的声音。

他们互相道了圣诞快乐。她放下听筒，进屋去叫基姆。

他躺在床上，眼睛睁着，嘴巴有些歪。她站在床尾。白色的光从窗户透进来，罩在他的脚指头上。脚指头伸到了被子外面。

"喔，你醒着呢。"她说。"波来电话了，他坐在酒吧里。"

身后客厅的电话听筒里传来电玩的声音。掺杂着外面车子的发动机声。

"你猜怎么着，我把瑜伽袋子拿到超市去了。"

她站在那里，拽了拽被子想盖住他的脚。脚指头冰冷，不对劲。

"基姆！"她说。但是他已经毫无生气了，没有了呼吸。

## 第二章

故事还得从下着雨的十一月讲起。

雨不停地下。那是个周六的早晨。

"这雨可真是了得。"她说。

她站在厨房的窗前，穿着浴袍。基姆已经取来了早餐的面包，正站在门厅那擤鼻子。然后他走进来，在她身后的桌子上放了个沉沉的东西。

"我真他妈搞不明白，这么多水都是从哪里来的。"她说。

她转过身朝着他。他把圆面包从湿漉漉的袋子里拿出来。餐桌上摆着一块砖。

"这是什么？"她说。

"一块砖，"他说，"等夏天的时候我们可以用它来挡门。"

"你从哪里弄来的？"

"外面的路上。八成是车厢上掉的。"

"货车上。"

"你想怎么叫就怎么叫，我们该喝咖啡了。"

他们坐下来。苏珊娜拿起那块砖，然后又放下。

"够沉的。"她说。


他们喝咖啡，吃圆面包。

"你究竟为什么开始满口脏话？"他说。

"我满口脏话吗？才没有。"

她把咖啡杯放到那块砖上，盯着杯子，又放回到桌子上。

"你说脏话的时候，听起来不太对头。"他说。"你没搞明白怎么正确地说脏话。"

"别人怎么说，我就怎么说的啊。"

"不是。"

"行吧。"

雨水打在窗户上，路口的车声几乎都听不到了。

"我今天要用雨伞。"她说。

"你直接拿吧。在柜子里。"

"我昨天没有找到。"

"在最下面的那一格。"

他站起身，衬衫上带着面包渣。他把雨伞拿过来，放到她面前的桌子上：

"给你。一路顺风。"

她靠到椅背上，看向桌子，又看向外面。雨伞和砖头，简单地说这就是我们，她心里想。

# 第三章

　　她要去商场见伊斯特。她把雨伞放到椅子下面。靴子旁边有一个小小的水洼，每次刹车，水洼都在移动。

　　靴子是新的，并不合脚，她正在适应。黑色的皮靴，脚踝和脚趾那里已经出现了褶皱，是因为这雨。她往食指上吐了口唾沫，开始擦其中一只靴子。

　　对面坐着个女人，咬着嘴唇。这个女人一直看着她。苏珊娜没有看她。她一会儿看自己的靴子，一会儿看向这个女人身后的什么东西。女人穿着格子毛衣。她朝苏珊娜倾过身子。

　　"你用牛奶能擦掉。"她说。

　　"是嘛。"苏珊娜说。

　　"用棉球蘸点牛奶就能擦掉。"

　　女人完全倾过身。苏珊娜能闻到她的口气，有股猪肝酱的味道。

　　"是新的吗？"女人说。

　　"不是。"

　　"哦，看起来像新的呢。"

　　检票员走进这节车厢。女人有一张月卡，她伸直手臂把月卡举到空中。检票员看了一眼，点点头，继续朝前走，她却还这么坐着。

"你是要去购物吗？"她冲苏珊娜微笑。

"不，不是。"

"我去见我的儿子和儿媳妇，"女人说，"在她娘家。我跟你说，我儿子和他老婆平时都住在美国。但现在他们跑到她爸妈那里度假，然后他们邀请了我，多好的两个人啊！我去美国拜访过他们。那次可了不得。他们住在得克萨斯。"

她的发音是得克赛斯。

"我的儿子在乳制品行业工作。你现在估计在想，得克萨斯有乳制品吗？"

苏珊娜什么都没说。

"美国可是牛排最有名。想想，他们带我去全州最好的一家饭馆吃饭。在那里能点到一千二百克的牛排。你觉得怎么样？但是我就要了二百五十克。我儿子要了个八百克的。呃，是真大。但是他一直都这么喜欢吃肉。他们没有孩子，这是他们最大的伤心事。你知道，悲喜都像人们说的，是交替着来的，对吧。这你是知道的，对吧？但是他们过得挺好，从不抱怨。他们不是那种遇到事情就抱怨的笨蛋。"

她抿起嘴唇，点了点头。

"他一年能挣一百万，"她低声说，"是美金。几乎就是他发明了低脂黄油。"

她的发音是"美经"。

"那不是一项很老的发明吗？"苏珊娜说。

"那我还是别乱说了。"女人说。她微笑着。她把月票卡小心地塞到包里，双手叠起放在膝盖上。

"这样你就有事情想了。"她说着朝靴子点了点头。

"记得用牛奶。这个我可清楚得很。"

## 第四章

之前的两年苏珊娜在医院工作。

开始的时候她负责打扫卫生，六点上班。他们在更衣室里换衣服。她不喜欢在工作服下面穿打底裤，但是冷的那几个月里不得不穿。他们还能从柜子里拿一件外搭衫。

她从隔壁屋推出清洁车，检查一番，装满清洁工具。想认出自己的那辆车并不难。一个生手可能看不出差别，因为表面上看，这些清洁车都一个样。但是，比如说大家挂橡胶手套的方式就很不同。有的会搭在水桶边上，有的搭在老式或新式的拖把柄上，也有的想出各种法儿把它们搁在篮子里。

大部分人都把橡胶手套翻过来放。这是她来这儿之后最先学到的一点。还有一个所有人都用的技巧：当一只手套里面湿了以后，大家就把它摘下来，捏着手腕的地方把它在空中来回晃动，直到手套自己充满了空气，完全翻过来。然后再把手套晾在清洁车上。同理，用的时候倒过来做一遍。

苏珊娜通过橡胶手套和鼓起个大包的清洁水桶找到了自己的清洁车。她当学徒的时候，带她的清洁员为这水桶道过歉。还有一次，他们本应为公共休息室的沙发吸一下尘，但是那个清洁员报怨他们的吸尘器上都是灰。从那以后苏珊娜看到吸尘器总会想起这件事。

公共休息室最简单。早上那里几乎从来没有人。只需要清空烟灰缸，把周报放到指定的地方，清理桌椅，稍作装饰。

之后是客厅，客厅是最难的。那里躺着一个人在哭。她拿着湿抹布，长拖把。小心地不把床头柜上的水杯和花碰倒。个人物品都应该拿下来好擦干净。大厅里弥漫着化学药品的味道，混杂着臭气。病人们盯着她。

厕所和浴室是最糟糕的。她很害怕看到肉，因为她曾经在一个洗脸盆下面找到过一块。肉色发黄，就像火腿最后扎起来的那部分一样。她经常在洗手间里喷很多清洁剂。闻起来干净。地上经常有血，但是她不怕，只要量不是太大。

长长的走廊最无聊。拖地的时候顺着一个固定的8字形。所有人都一样。她猜大概是有个什么中央规定，写着拖把就该这么划。有的时候会有需要清理的床被推到走廊上来。这个是最最糟糕的，因为得到最后，以为都打扫完了的时候才看得到。床需要清洗，擦干净。大家都有些敷衍了事。护士，医生，各色人等都在走廊上走动，斜眼瞥着清洁工的手。

她从来不明白，为什么管这间叫漂洗室。她猜是因为里面是清洗尿盆的地方。

有一天伊斯特偶然走进了这间屋子，看到秤上的一个胎盘，重五百五十克。他们坐在四楼的阳台上休息的时候，伊斯特同他们讲了这个胎盘的故事。

阳光明媚，风吹过第一批绿了的叶子。他们谈论起一个叫龙霍姆的病人，一个常坐在客厅里读书的老头。伊斯特同他说上了话。那天上午，他朝她招手，自我介绍说是一位作家，并且坚持要多加一杯黑咖啡。伊斯特为了给他要这一杯咖啡，同厨娘大吵了一架，时间颇长。

你都不知道他说的是不是真话！他是作家吗？厨娘吼道。最后她还是屈服了。但是当那杯冒着酸味的黑咖啡终于送到的时候，龙霍姆却已经回到屋里睡觉去了。他把书忘在了桌子上，伊斯特翻了翻，是德语的。

苏珊娜回到清洁部的时候，心里还想着龙霍姆是不是真是作家，一个胎盘能不能称到五百五十克。她下午把两件事都核实了，是真的。龙霍姆写了一系列散文合集，几十年前还出过一本小说。但是她还是不会去尝试接近他。她不喜欢他想搞特殊这一点，非要加一杯咖啡。从另一个层面上来说，她愿不愿意都无关紧要。第二天早上她下楼去和伊斯特一起休息的时候，龙霍姆就已经死了，被送进了停尸房。伊斯特不知道他得的是什么病。


苏珊娜被提任成了厨娘，六点半才上班。

她开始稍微化一点妆，在地下室换好衣服以后，会站在镜子前涂上口红。她的动作很快，面无表情，好先发制人，打消其他人的疑问。她不是出来炫耀的。还有另外一个人也涂口红，但是她很胖，所以算打个平手。

现在她负责整个部门的饮食，至少是等主厨房把饭送过来的时候，负责把铁木桶的盖子掀开。她用万能笔把菜单写到厨房门口的黑板上，把真空包装的土豆从袋子里拿出来，倒到沸水里，只要加热就好了。要是有肉饼的话，就把配的酸梅酱放到玻璃碗里。之后她把所有东西都放到餐车上，推进走廊。两个护士活蹦乱跳地跑出来开餐车。他们从最后一间屋子开始，一次负责一个病人。苏珊娜站在厨房门口，看着他们急急忙忙地进进出出，手里拿着便当和将被盛满的空酒杯。病床上折叠桌的声音噼里啪啦地在医院里回响。恢复得最好的病人自己拿着餐盘，到客厅里吃饭。

有一天的午饭是煎猪肝。猪肝被切成很厚的片，放在餐盘上。伊斯特来午休的时候，从盘子里拿出最大的那块，用卫生纸包上，坐在桌边吃了起来。她边吃边往下挪卫生纸。一个带把手的猪肝，苏珊娜想道。然后门开了，一个护士站在门口，想要一些洋葱。护士身后，一位脸色蜡黄的病人被送走了。他望进来，举起一只手。伊斯特也举着猪肝朝他招手。


之后，来了另外三个护士搅果汁，苏珊娜正要清理水槽。其中一个高个儿，叫彼得森的，背靠着冰箱，掀起了工作服。她的膝盖正中有两块大伤疤。

"这是什么？"其中一个护士问。

"我昨天在家擦地板来着。"彼得森说。

"你跪着擦啊？"另一个问。

"要不然擦不干净。"彼得森说。

苏珊娜想着医院清洁车里的各种清洁拖布。还有那把符合人体工学她却不会调节的拖把。她下班走下楼去换衣服的时候，还有骑着车穿过停车场的时候，都在想着彼得森的膝盖。她记不得自己上次在家擦地是什么时候了。实际上她可能从来没有真的擦过。


另一个护士叫玛格丽特。她经历过一些事，是个身板很直的人。护士们有时候会在厨房里讨论她们空闲时间的计划。玛格丽特一直听，话不多。彼得森转过身看着她：

"那你呢？"她问，"你要回家做罐头吗？"

"我要睡到中午。"玛格丽特说。

"呃，我觉得白天睡觉一点都不好。"一个护士说。

"你说的对。"彼得森说。

"我倒觉得难的是再起床。"另一个说。

"我睡觉前总是喝一升水，"玛格丽特说，"这样我四十五分钟之后就会想起来上厕所。"

"你真的这么做啊？真聪明。"

"你能确定吗？"彼得森问，玛格丽特说能。


苏珊娜问伊斯特她多久擦一次家里的地。

"从不，"伊斯特说，"我们铺地毯。"

"厨房里也铺？"

"不，但是我们在厨房用的是软木。"

"那不需要擦吗？"

"我猜用不着。"

"要是脏了怎么办？"

"不会脏的。我们从来不做饭。"

"哦。"


从厨房望出去有一片草坪，一片桦树林，一块停车场，还有后面金黄色的建筑。午休时医生护士和其他人等来往往。餐厅在杂货店的后面。草坪上有很多鸟，喜鹊、乌鸦，或是白嘴鸦，还有很多麻雀。

她坐在桌边吃基姆给她准备的便当，四个半片面包、土豆和洋葱。

# 第五章

伊斯特也可以升职做厨娘，但是她不愿意。她觉得能在不同部门之间走动很自在。

一天早晨，她要打扫一个感染病人的病房。那里面躺着一个年轻的女孩。伊斯特不知道她得的是什么病，但是她需要在把清洁车推进屋之前戴上口罩。窗帘紧闭。女孩完全藏在被子里。床头柜上放着一杯芬达。一点都没喝。伊斯特小心翼翼地往前走。她清理了根本没被用过的水槽，垃圾桶里也空无一物。

伊斯特有些害怕女孩儿死了。屋里悄无声息。没有呼吸的声音，没有动静。伊斯特隔着一定的距离站在床边，一只手里握着拖把。她说，她能感觉到自己的心在跳，她几乎能听到。她把腾空的那只手放到胸前，透过口罩做了一个深呼吸。又一个。然后她又怕起来，害怕自己把感染性的空气吸到了肺里。她想把气呼出去。她呼气。噘起嘴，把肺里都清空。发出喘息的声音。

之后屋里又是一片死寂。伊斯特不动。床上的女孩儿不动。

伊斯特加快速度拖地。

她把干净的毛巾扔到洗衣桶里。

盒子里放一沓新的卫生纸。

看到镜子里戴着口罩的自己，吓了一跳。她满头大汗。

她静静地站在那里，能感觉到一滴汗水流下来。

"你为什么要呼气？"床上的女孩声音低沉地问。

伊斯特一激灵。她尖叫了一声。然后赶紧掩饰了一下。

"呼气？"她透过面具说。听起来好像她的声音被卡住，就要断了。

"我没有呼气啊。"

她赶紧拧干抹布，挂好拖把，把清洁车拉出屋子，走到厕所去。好好清洗了手和胳膊，摘下口罩。眼睛下面都勒出了红印。


"这是什么鬼工作。"伊斯特说。她不得不喝杯咖啡缓一缓。苏珊娜正要进行早餐之后的清理工作。她站在那里，手里拿着一碗葡萄。

"你要不要来一个？"她把碗递过去。

"不用了，太像他们的呕吐物了。"

她更想要一支烟。在苏珊娜的厨房里可以抽烟。伊斯特点上烟，吸进肺里，把嘴对着开着的窗户，然后吐气。她就这么坐着。

"妈的，"她说着咳嗽了几下，"我吸了一大口的新鲜空气。"

她笑起来。她的牙齿有些地包天，但是没什么大影响。她靠到椅背上。

"今天是山葵牛肉，"她说，"但是你还是吃自己的便当？"

苏珊娜点点头。

伊斯特点了点烟灰，又吸了一口。

"那个死丫头吓了我一跳，"她说着把烟从鼻子里呼出来，"你为什么总是带便当？"

苏珊娜耸了耸肩：

"因为是基姆准备的。"

"他没别的事做吗？他到底是干什么的？"

"他写作。"

"哦。那能养活人吗？"伊斯特说。苏珊娜没来得及回答，玛格丽特就敲响了门，说一个病人想多要一块面包，什么酱都不抹。伊斯特站起身，说她也要下楼去，告诉洛夫那个假死的女孩儿的故事。但是她想先把厨房外面黑板上的菜单写了。


洛夫在主厨房工作。苏珊娜从来没搞明白他的工作是什么。她曾经在停车场看到过一回他的背影。他站在车旁，等着伊斯特下班。他们已经结婚四年了。

洛夫和伊斯特在医院分开吃饭。洛夫在主厨那里吃，伊斯特则跑到苏珊娜的厨房蹭吃的。医院规定工作人员不能吃病人的饭菜。很多人也没兴趣吃。早晨护士们轮流带面包来，厨房给他们送几罐果酱。只有护士才能吃医院的果酱。中午的时候他们去食堂，医生也去。苏珊娜一个都认不出来。

## 第六章

伊斯特流过两次产，没人知道为什么。

　　他们非常想要小孩。伊斯特说，在她刚认识洛夫的时候，他的衣柜里藏着一辆三轮车。他在一个集装箱里看到它之后就搬回来，一直藏在那里，奇怪极了。而她自己的衣柜里藏着一只木马，故事一模一样。木马跟着她搬过八次家。

　　"大家就是通过这种事来判断彼此合不合适的。"伊斯特说。

　　她不难怀孕。她的孕期反应很严重。从第一天开始，每天早晨想吐，不停地吃橙子和猪肝。躺着的时候两条腿要翘起来，不上班的时候要睡三个小时的午觉。

　　两次都是第八周的时候流的产。

　　"我保不住，"她说完立刻更正了自己：

　　"或者说是之前保不住。"

　　她穿着工作服，站在餐桌旁，一只手放在桌边，另一只手里拿着根烟。

　　"但是我们还在尝试。下次肯定行。"她说。

　　下次就是第二天。

　　伊斯特比往常迟了半小时来喝咖啡。苏珊娜看她没来，还以为她生了病。但是她突然出现在门口，面色苍白，但带着一个大大的微笑。她换了发型，把身子探进来。

"我怀孕了。"她低声说。

开始的时候苏珊娜以为这是个笑话，因为伊斯特站在那里做鬼脸。但她走进来，小心翼翼地关上门，轻声慢步地走过来，坐下。她把手放到大腿上，直了直背。

"我昨天晚上发现的，"她说。"因为我们昨天聊起这件事，我就赶在关门之前买了试纸，结果是阳性的。洛夫还不知道呢。"

"为什么不告诉他？"苏珊娜问。

伊斯特摇了摇头。

"这次不了，"她说，"对他来说太难了。"

"那你什么时候说？"

"至少等到十二周之后。"

"你没办法隐藏那么久。"

"当然能。"

"这样做对吗？"

"对呀，这是为了他着想。"


四天之后，伊斯特就跟洛夫坦白了。

"我当然管不住自己的嘴。"她说。

"因为我想着，要是出事了怎么办。那样的话，他一点都不知道岂不是太蠢了。"

她脱掉了白色的木鞋，在厨房里光着脚。苏珊娜坐在自己的椅子上喝牛奶。外面下过一点雪，但是现在基本上都化了。温度稍微过了零度。那是去年十月底。

"他能看到我每天下班之后躺在那里睡觉。"伊斯特说。

"我觉得你说了是件好事。"苏珊娜说。"他高兴吗？"

"可不！"

伊斯特坐在苏珊娜的对面。那双白色的木鞋放在地板中央，跟有点歪。

"他很担心。他希望我能请病假。"

"为什么？"

"他觉得我最好一直躺着。"

"哦？"

"但并不是这样。我上次跟医生聊过了，上班一点影响都没有。"

伊斯特掏口袋找出一支香烟，点上。

"我等到十二周的时候就不抽了，"她说，"现在我可没那个力气戒烟。"

"我能理解。你要咖啡吗？"

"不了，妈的。"


伊斯特到了第十个星期的时候就把烟戒了，洛夫也有时会出现在清洁部。他站在那里，同伊斯特在漂洗室门口的清洁车前低语。没有人知道他们在等待一个孩子的降临。表面上看苏珊娜也不知道。她来漂洗室拿清洁剂，朝他们点了点头。

"今儿早呀。"她用方言打了个招呼，尽管她从来没有去过那个地方。

"早呀。"伊斯特说。

洛夫什么都没说。他一只手插在口袋里。苏珊娜拿了一袋清洁剂，一路读着说明回到了厨房。

伊斯特进来的时候，她正在往厨房桌子的瓷砖上喷清洁剂。

"现在他们越来越严了。"伊斯特说着坐了下来。

"什么严?"

"要是我们有时间,就要去洗地下室的床。"

"噢,不是吧!"苏珊娜说。

"噢,是的,"伊斯特说,"洛夫已经听说了。"

她在窗边找到一个皮筋。她用食指和大拇指把皮筋扯开弹着,然后把这个小玩意儿放到耳旁听。

"能发出声音。"她说。

然后她把皮筋扔到桌上。

"我中午必须得吃点面包,"她说,"中午饭是水煮鳕鱼,真恶心。"

"面包你直接拿吧。"苏珊娜说。

她把每一块瓷砖都擦干净。抹布没有沾上颜色。

"洛夫在家忙活起来了,"伊斯特说,"他在修一个旧梳妆台。我们要用它来放孩子的衣服。有一米半高。"

"嚯!"

"要是出了什么岔子,我们就用它来放毛巾。或者放到客厅里。他干这种活特在行。"

"真好。"

"男人能干这个真不错。"

"是啊。"苏珊娜说。


洛夫长什么样很难说清楚,不看着他就很难描述。有一天玛格丽特把头探进厨房里来。

"你那个打扫卫生的朋友。"她说。

"普通朋友。"苏珊娜说完就后悔自己选了这么一个词。

"她男人在主厨那里上班啊?"

"对。"

"他长什么样？"

苏珊娜想了一会儿。

"这个很难说。"她说。

"个子小吗？"玛格丽特问。但是接着身后就来了一个医生，她得同他讲几句话。

伊斯特怀胎十三周的时候，告诉了部里，暂定了产假的日子。她天天兜里揣着日历，精神很好。

"我感觉不错。"她说。

"你看起来也挺好。"苏珊娜说。

现在为止还看不出来伊斯特怀了孕，肚子还没有显，像往常一样平。但是她开始用一只手推清洁车，另一只手撑着腰。她换了新的凉鞋，把紧身裤也脱了。

"我现在就是个移动散热器。"伊斯特说。

去年十二月，他们坐在厨房里吃蛋糕和香草饼干。苏珊娜用塑料盒子装着带过来，是基姆烤的。还有五天就是圣诞节了，苏珊娜的假期从那天下午开始。伊斯特整个圣诞节都要工作，反而是在一月的头两个星期休息。

"谁烤的？真不错。"伊斯特说着拍了拍肚子。

她从饼干中间的孔看出去。

"我们一起烤的。"苏珊娜说。

伊斯特点了点头。

"那我拿两块走啦。"她说。

她把头倚在后面，放声笑起来。她的肩膀在抖，擦了擦眼睛。

"妈的，人来疯了。"她说着一口咬掉半个蛋糕。


圣诞节的第二天伊斯特流产了。

是彼得森在假期结束之后告诉苏珊娜的。彼得森到厨房里来看菜单。她看字的时候眼镜都要远远地架在鼻子上。

"烤猪肉和杏仁布丁 ①，"她说，"真可怕。"

"为什么？"苏珊娜问。

彼得森从眼镜上面看向她。

"没见过谁能连吃下那么多天的杏仁布丁。"

"哦，对。"

苏珊娜正要拧开水龙头冲洗咖啡机，那些黑色的地方很难洗掉。

"明天是果子汤和香肠，一天比一天糟。你可以把它放到醋里泡软。"

彼得森指了几次咖啡机，但还是盯着菜单。

"你朋友真可怜。"她说。

"伊斯特？"苏珊娜说。

"她圣诞的时候流产了。"

"啊？"

彼得森推正了眼镜，转过身来。

"对，圣诞节的第二天。她在走廊里突然开始出血。"

"上班的时候吗？怎么回事？"

"她站在那里呼救，刚过九点的时候。"

她看了看手表，然后盯着天花板。

---

① 杏仁布丁，丹麦文 ris ala mande，是圣诞期间的丹麦甜点，一般从十二月开始供应。

"她后来还想自己打扫现场，但是被制止了。其他的我就不知道了。哦对，她在 A1 那屋躺了一两天。"

水还在流。彼得森往后一靠，叹了口气。

"真糟心，"她说，"可怜。行，我该回去了。"

她转身走了。苏珊娜还站在厨房的桌子前。然后她打开门来回看了看走廊。她走到客厅，看向窗外。要回厨房的时候，她看到彼得森刚在黑板上写了今天的菜单。字很小，方方正正的，"烤猪肉和杏仁布厅 ①"。


伊斯特圣诞节假之后没有再回来。苏珊娜问主任是怎么回事，却被告知伊斯特已经辞职了。

"她想上个什么学校，"主任说，"在流产之后。"

苏珊娜点了点头。她下了班，换好了衣服，从自己的头发里闻到洗发露的香味。主任胳膊支在桌上，看着值班表。

"那我走啦。"苏珊娜说。

她走去停车场的时候，看到洛夫走过来。她站住，一边在包里乱翻，一边等着他。他走到她面前，点了点头，径直往入口处走去。

"帮我给伊斯特带好。"她对着他的背影说。

他转过身，又点了点头。她站了一会儿，一只手还留在包里，然后走向了自己的自行车。

她在医院的时候再没看见过洛夫。她也没想过自己会再和伊斯特有什么联系。

---

① 此处"杏仁布丁"被拼成"ris alement"，故译成"杏仁布厅"。

## 第七章

三月的时候，苏珊娜和基姆会不定时地借来一辆老福特轿车。车是基姆的哥哥的，他要调到新西兰去工作。苏珊娜对开车没那么大的热情，她骑车去上班，要是下雨就坐火车。

基姆常用车，她不知道他开车去哪里。有的时候，他会说自己开车去了海边。但是他常常什么都不会说。

当他写作顺利的时候，他会留在家里。他坐在写字桌前一动不动，直到她进门来把背包扔到门厅的地上。她穿着外套去看他，他站在卧室门口冲着她微笑。身后的书桌上烟灰缸满了，那台充满工业设计感的台灯开着，床单光滑平整。他没有躺下过。地上都是书。面向花园的最上面一扇窗户开着，风吹进来，很凉快，带着泥土的味道。

"嗨。"她说。

"嗨。"他说。他的声音听起来温暖，沙哑。她绕到他身后，换下衣服，弄乱床单。他关上窗户。他的身体很沉，很好。接下来当她躺在沙发上休息的时候，他还会继续工作几小时。之后他来做晚饭，她躺在那里，盖着毯子，伸了伸懒腰，听着他在厨房里走来走去。

但是在那些不顺利的日子，她回到家的时候，车子没了。她打开门，把报纸和广告放到厨房里。炉子上放着半干的粥，她加热一下，吃点面包。她走进屋里，躺到床上。床上很乱，很冷。她穿着所有的衣服睡去，直到他回来。她起身去客厅迎他。他弓着身子，趴在那里看银行的来信。

"嗨。"她说。

"嗨。"他说，有的时候她把一只手放到他的后背上。

"别来可怜我。"他说。她走向窗边，外面是嘈杂的车声。倚身到窗外，便可以看到路口车来车往。不知道为什么，公寓里总是能听到车声，除非是坐到花园里。她再一次关上窗，走出去剥洋葱。她打开收音机听今日新闻和天气预报。

其实他们没什么要用到车的地方，但是习惯了它停在那里。周末有时他们开车去城郊，去北边，或者有时开过整个西兰岛①，到海边的一个地方，坐在车里，看着大桥或者来往的船。

车里放着音乐。她不知道他们听的是什么。当基姆开始评论音乐里的东西的时候，她缓缓地点着头，好像他说的她都懂，但是其实脑子在另一个地方。他走出去吸根烟。她跟出去之前把磁带拿出来看了看，但是也没看懂什么。她快速地把磁带装回去。

基姆坐在一块大石头上，跷着腿。烟雾从他嘴里吐出来，飘到他身后，然后消散。他面朝着那半座桥。他从来都不说什么，但对那类建筑很是着迷。对于苏珊娜来说，没有什么比这座桥更无聊了。她站在他身后，当他把烟吐

---

① 西兰岛，丹麦文 Sjælland，为丹麦第一大岛，首都哥本哈根所在地。

出来的时候，深吸一口气。

"我要不要给你拍张照？"她问。

"不要，滚。"

他在石头上转过身。

"用桥做背景看起来应该不错。"她说。

"我根本就不在乎那个桥。"他站起身。

快到车前的时候，他把胳膊搭在她肩上，把她拽到自己身边。他们就这样站了一小会儿。她不禁想起另一次他们来海边的经历。当时有一对德国情侣，放起了一只风筝。女人穿着橘黄色的雨衣。她的笑声在风里被吹得轻飘飘的。那天风刮得很大，都听不到自己说的话了，但是女人的笑声还可以听到。他们在回家的路上讨论这是什么原因，还讨论怎么成年人会放起风筝来。

"那完全是做戏，"基姆当时说，"就像是捉迷藏，或者晚上到池塘去散步一样。"

"好吧。"她说。


其他时候他们就在地图上找一片森林，朝那里开。他们开过乡间小路，开过名字很长的村落。基姆喜欢找路，他在家里找到路，然后用某种方式背下来。有的时候她会厌倦所有的事情都被计划好，坚持要他开另一条路。她请求他在一个随机的杂货店前停下来，走进去买巧克力和可乐。她在杂货店里消磨时光，看他坐在车里，敲击着方向盘。当他们继续往前开，她会把所有的巧克力吃掉，几乎不问他吃不吃。她变得昏昏欲睡，闭上眼睛。当他以为她睡着了的时候，便会迅速找到原来的路线，把车开进计划中的森林。他停下车，但是她紧绷着脸，不愿意下来。她有些烧心，想在后座上休息一下。

"睡个好觉。"他说着开始往前走，但是当她看到他渐渐消失在森林小路尽头，便害怕起来，跑着追上他。

"你不是要睡觉吗？"他说。她摇了摇头。他问她有没有锁车，她又摇了摇头。

"因为钥匙在你那里。"她说。

之后他们两个都得走回去，锁上门，再继续散步。

他们很快地走了两公里，之后才开始说话。他一直走在她前面。最后她没法再忍受自己一直在后面跟着，朝他喊着让他慢一些。他停住了。

"我走得太快你直说就是了。"他说。

"我就是这么说的啊。"她气喘吁吁。

"这又不是打仗。"他说。

他朝她伸出一只胳膊，好像想把她拽上来的样子。她拉住那条胳膊，继续往前走。她的羊毛衫下出了好多汗，他抚摸着她的脖子。她有些不自量力了。

"我们到底要干吗？"她说。

他把手移开了。可能也只是无心之举。

"非要干些什么吗？"他说，但是当她想就这个回答再问下去的时候，他不愿意了。


"有的时候我晚上会醒，因为喘不上来气。"基姆在有一天坐下来休息的时候说。她正忙着在背包里找一块手绢。她不小心吞了一只飞虫，咳嗽了半天，想找来擦擦眼睛里的泪水。

"是吗？但是你最后醒过来了呀，多好！"她说着擦了擦脸，手帕都被睫毛膏染成了黑色，还有粉底液的浅棕色。

025

本来他们要去鱼餐厅吃饭，但她突然觉得浑身酸痛，自己身上很脏，想回家，他就跟着她走。在回家的路上他们买了白葡萄酒和鱼片。

另一次他开车出去，在车里过了一夜。之前没有争吵，什么都没发生。他只是说他急需改变。他在一个周五的傍晚，坐在厨房的餐桌边吃牛奶麦片。

"怎么改？"她问。

"只要发生点什么就行。"他说。

她自己要去拜访哥哥，基姆把她开车送到了车站，然后一个人待在车里。他想朝西边开，他就只能透露这么多。他打算把自己的被子带着，坐在车里睡觉。

"你应该跟我去看托本和简，"苏珊娜说，"那里的机会多的是。"

"不。我不想对付家庭的事。"

"那样的话我可以跟你去。我们可以一起睡在车里。"

这绝不是因为她多喜欢寒冷潮湿的被子，还有睡在漆黑的地方那种阴森森的感觉。

"不。我想一个人待着。"

"好。"

她走到水槽前，把一只杯子重重地放到桌上。她一下子打开水龙头。

"你可以跟托本说实话。"基姆说。

"我也是这么想的。"她说。

水喷到了水池里的一只勺子，向外射到她的外搭衫上。她把它脱下来，晾到椅背上。

"我觉得这件事很奇怪。"她说。

"那下星期车都归你用。"他说。

"正合我意。"她说。

　　她只在周一、周二开了两天车去上班。晚上的时候她常常惊醒，想起第二天早上的路途肚子里便一阵凉气。她根本没有在城市里开车的经验，精疲力尽。开过一个路口就耗尽了她全部的精力。当要到交叉路口的绿灯时，她会轮换着加速减速，简直到了一个危险且不负责任的程度。她没办法在开到之前判断自己能不能开过去，交通灯常常就在那一秒变红。然后她猛踩刹车，最后停到人行道的中央。

　　她决定周三早晨开始骑车上班。她想好了要给基姆的解释，她决定诚实回答。但是并没有用上。当她说，她决定把车留在家里的时候，他只是点点头，没问为什么。她跟自己保证，以后再也不在大城市里开车了。

# 第八章

她被问到愿不愿意带新的厨房员工培训。这也算一种形式的升职。有三个厨娘要离任，所以需要培训出三个来。

苏珊娜不愿意，但是她说不出为什么。

"你只要一次训练一个，分三个星期来。"主任说。她在上午午休的时候过来，坐到厨房里，两只手肘撑在桌子上。

"我不知道还能把他们送到谁那里去。这是番茄酱吗？"主任指着苏珊娜旁边的玻璃瓶。

"不是，是种酸辣酱。他们要吃米饭。"

"好吧。"

主任站起身。她穿着丝袜。她把手插在外衣小小的口袋里，都快放不下了。她慢慢地走着，用舌头打着响。

"走咯。"她说着打开了门。

"嗯，拜。"苏珊娜说。

那是五月中旬。很多护士一有空就到外面的草地上去。冬天的时候他们都在楼之间跑来跑去。现在他们走得很慢，成群结队。白色的大褂衬着绿色的草坪。一些病人也被推出来，坐在遮阳伞下面，面朝着太阳。

她从洗碗室的窗户望下去，手里拿着一只勺子。水在流。一个护士在下面摔倒了，另两个来帮忙，可以听到他们的笑声。一个盘子的剩肉下面躺着一副假牙。是上牙膛的。她看着盘子站了一会儿，然后把假牙拨到垃圾桶里，赶紧再倒一些剩饭和用过的卫生纸盖上。但她又后悔了，不得不把大半个胳膊伸到垃圾桶里把假牙够出来，清洗干净然后交到秘书那里去。

那天晚上，她同基姆说起假牙的事。她还告诉他，自己要培训新人，可是她不愿意。

"我很理解。"他说。

他们吃饭的时候开了瓶酒。上午他获知自己被日德兰岛的一个基金会授予了一笔可观的奖金。这出乎他的意料，完全是个惊喜。但是他心中其实有所期待，因为他的一位高中老师正好在评委席上。

"真的理解？"她说。

"当然啦。你在那儿干得太久了。不想变成那种不开窍的老员工。"

"嗯，有道理。"她说。

他还买了三张新的 CD 和四本小说，还有一本字典，她想到那些奖金应该很快就会被他花光。但是她什么都没说。他做了沙拉和鸡肉。

"可能现在就是你辞职的好时机。"他举起酒杯。

"可能吧。"

通往花园的门半掩着。外面的天还很亮。她拿起一卷卫生纸，靠到椅背上。她对着他微笑。他伸手去够一根鸡翅。

"一会儿要不要去湖边走一走？"他说。

"现在吗？"她说。

他穿上了浅色的衣服。散步的时候，他用假牙的故事编了一首诗。脚下吱嘎作响，骑车的人从他们身边飞快地经过。他把一只手搭在她的肩上，另一只手威胁似的伸到空中。湖边的树颜色越来越深，声音都被过滤掉了。那是一条大概五公里的路。他们出门之前喝了两瓶酒。他谈着湖边的小屋，说有一天他们可能会搬进去住。她说不可能的，他们永远也不可能搬进那样的一座小屋里去。他变得愤怒，说她什么都不懂。她说你说的有道理。他说，你应该辞职，医院的工作把你变得很市井，目光短浅。这很蠢，因为你实际上很有天赋。谢谢，她说，我会认真考虑一下辞职的事。

当他们打开门，回到家的时候，天已经黑了。他们坐在客厅里，各自在沙发的一头睡去。第二天早上起晚了，苏珊娜慌忙冲出门去。

她在那一天辞了职。

她把早餐安排好，开始认真地洗手，擦得干干净净，慢慢抹上护手霜。她走到门口，坐电梯到了地下室。一些搬运工在整理一张空床。她跟他们打了招呼，继续往前走。她的鞋跟敲打着水泥地面。

主任从写字桌上倚过身，在一张纸上写下苏珊娜辞职的消息。

"是突然起意吗？"

"也不是。"苏珊娜说。

"你之后要干吗？"

"不一定。"

"行吧，我记下了。"

当她走出来，再次跟搬运工打招呼的时候就后悔了。"别犹犹豫豫的。"她上楼的时候悄声对自己说。她走出电梯，走进餐饮部。

她常常忘了自己是在一家医院上班。当护士们把头探进来，提醒她有些病患的特殊配菜，或者要冰块的时候，她常常要想上几秒钟：他们是干什么的？但是接着她就听到沙哑的声音在咳嗽或者呼救，或者看到半掩的门那边垂着一只瘦弱的胳膊。也不是所有病人都这么凄惨，他们情况很不一样。最好的病人是那些患了糖尿病的孕妇。有过两个。她们都很高兴，充满了期待。她们跑到厨房来要多余的果酱和白面包，穿着硕大的孕妇服，笑意盈盈。

那天她一直忘记自己已经辞职了。她在走廊里，想找一个工人来清理下水道。他躺在桌子下面，问她在医院干了多久。

"到现在一年半了。"说到"到现在"的时候她心里一惊。

"哦，那你还是个新手。"他说。

"对，是的。"

她打开窗户。外面有青草的味道。一位园丁正开着他的修草机，在草坪上修出了一条漂亮的弧线。

下午四点，她站在门口，手里拎着购物袋。

"我辞职了。"

他从沙发上欠起身。

"真的？"他说，"你辞职了？"

"对。"

"从什么时候开始？"

"暑假之后。休完暑假不再回去了。"

她走到厨房，把袋子里的东西拿出来，放到桌子上。她的发尾是湿的。基姆坐起身，走过来，站在她身后。

"很好。"他说。

"我不知道我接下来该干吗。"

"会知道的。"

他们抱住了彼此，她能感觉到他在看着她背后的餐桌。他抽出身。

"你买了里脊肉。"他说。

"打折了。"她说。

"嗯，但不是因为这个吧？"他说。

# 第九章

　　最后一天上班的时候，她还是没跟任何人提起她要走了，她打算谁都不告诉。但是玛格丽特和另两个护士吃过午饭，到厨房来抽烟闲聊。她们一直站在那里，烟灰缸放在旁边，随时准备掐灭烟头。

　　"我们能来你这儿吸根烟，真好。"一个护士说。

　　因为那一句"你这儿"，苏珊娜接过话：

　　"这是我最后一天上班了。"

　　"啊，不是吧？"玛格丽特说。

　　这时彼得森走进来，嘴里叼着一块面包干，宣布说：

　　"我猜十二室的病人抽筋了。"

　　"我们的厨娘今天最后一天上班。"玛格丽特说。

　　"我猜我明天也不干了，"彼得森说，"他们一直疯狂地按铃。"

　　外面的铃真的在响。她们按灭了香烟，窗户大开着，护士们小跑着出门去，临走前急忙说了几句"祝你好运！我们在你走之前一定来看你"和"那祝你一切顺利！"门刚关上，又打开了，彼得森探进头来。

　　"那你要干吗去？"她说。

　　她还在嚼那块面包干，很快地咂巴着嘴。

　　"我们先要出国一趟。"苏珊娜说。

"哦？"彼得森说，"什么有名的地方？"

"还不确定。"苏珊娜说。

她在关门前半小时就走了，那时护士们正在开会，走廊里很安静。医院严令禁止早退，但她既然已经辞职了，也不怕会有什么惩罚。

幸好接下来的四个星期都阳光明媚。开始的几天她常坐在花园里，听广播，做猜谜游戏。但是当她厌倦了阳光，走回屋里的时候，总能感觉到基姆被打扰得心神不宁。他喜欢大部分时间都一个人待着。

之后她开始在每个上午骑车去泡澡。她躺到草地上的毯子上，享受日光浴，读书。她自带便当，有的时候给自己买一支冰淇淋。她每次下水游八个泳道，最后她的身材变得很好，她在骑车回家的时候能感觉到。当她回到家的时候，基姆已经完成了当天的写作，傍晚他们开车去海滩。他们用一次性的烤炉做烧烤吃，用纸杯子喝酒和水。他把她的手埋在沙子里，亲吻着她的脖子。

但是八月天气变了。她不知道自己该干什么，或者说是白天的时候她应该到哪里去。她坐在客厅里，戴着耳机看电视，去厕所的时候踮着脚。或者坐公交去城里买东西，花很长时间看每一个货架和打折活动。回到家，径直走进厨房，不打招呼。他在卧室里很安静。

"你为什么不跟我打招呼？"他从屋里喊道。

"我不想打扰你。"

"你不打招呼才打扰我。"

"哦，那对不起。"

"除非你是真心的，要不别跟我道歉。"

她从工作基金那里领了五个星期的钱，但是之后她不愿意接受失业补助。基姆没办法理解。

"我不明白你为什么这么骄傲，"他说，"你明明满足领补助的条件。"

"我想自己来。"

"怎么来？"

"我还有一些钱。"

"用完了之后呢？"

"我可以找别的工作。我总是能找到工作。"

"你就是这么市井，我看着你这样真难过。"基姆说。但是他没再说别的。

"我们不能都无所事事地享福啊。"她说。

他缓慢地摇了摇头，双手举起书盖住脸。

"你想好了说什么再来吧。"他说。

"我知道你没在看书。"她说。


不久之后她就找到了私人的家政工作。她一个星期有四天在八个公寓里打扫卫生，周五休息。这份工作很不错，因为大部分时候屋里都没人，她可以想着自己的事，吸尘，洗碗。大部分地方都有给她的小蛋糕和水。要是把周五休息这个好处也算进去，这份工作几乎跟医院里那份一样好。她买彩票还中了两万一千块钱，这也帮了她不少。她没有告诉任何人，而是把钱存进了自己的账户，偶尔取出来一点。

## 第十章

    这一年的十月底，她偶然在市中心遇见了伊斯特。伊斯特刚看完牙医，苏珊娜刚在长椅上坐下来吃便当，接下来还要去附近的一家豪宅打扫卫生，这是今天最后三个小时了。

    "这不是苏珊吗。"伊斯特的嘴还歪着。一边嘴角喷出了一些口水。她刚刚做了牙齿填充，麻药还没失效。

    "你在这里干吗？"

    "我正要把便当吃了。"苏珊娜说。伊斯特一直笑，唾沫乱飞。她看起来年轻了一些，可能是梳马尾辫的原因吧。

    伊斯特又怀孕了。苏珊娜一直没察觉，直到伊斯特把那件大大的棉袄放到一旁，给她看肚子的时候她才发现。预产期在十二月，现在一切正常。孩子一天到晚地踢肚子，伊斯特只长了十一公斤。她的身体里没有多余的水分，手变得又细又长。指甲修得很好看，涂了两种颜色的指甲油。她辞掉医院的工作之后，去报名了美甲班。她在一位女士那里上过一阵子班，但是现在她待在家里，给孩子的房间贴壁纸。洛夫很忙。他找了一份额外的工作，周末去送报纸。

    伊斯特一直在讲啊讲。苏珊娜把便当吃完，站起身。伊斯特坚持要一起去那栋豪宅，这样她们就可以在苏珊娜工作的时候继续聊天，但是苏珊娜拒绝了。

"那儿的主人随时可能回来。"她说。

"那我在这里等你下班。"

"呃，但是要三个钟头。"

"那我去买些婴儿的衣服。经过了这番折磨我可要好好犒劳一下自己。"

伊斯特指了指自己的嘴。

"然后我们可以去一个地方喝咖啡，或者干点别的。"她说。

"我五点半还有事情。"苏珊娜说。

"没事，就很快地喝一杯。我在门外等你。"


公寓在四楼。苏珊娜打扫的时候停下来很多次，透过窗子看外面的马路。她没办法集中精力，总是走出去看镜子里的自己，或者停下来咬指甲。指甲有股去污粉的味道，她把咬下来的指甲吐到地上，又捡起来。然后她打开客厅的窗户，把指甲扔出去，但窗户却怎么也关不上了，花了好一阵子才修好。之后是找不到吸尘器，她把能想到的所有地方都找了，最后不得不给这里的女主人打电话。她和男主人都在一家保险公司里做高管。苏珊娜从来没见过他们。她是通过推荐得到这份工作的，另一个主顾推荐了她。

吸尘器拿去修了，所以她换成了拖地。三点五十，她走下楼，满身大汗，但是新涂了口红。伊斯特真的站在门口等她，头上戴了一顶新买的皮帽，帽檐很宽。

苏珊娜穿着工作服，牛仔裤，胶鞋。她们去一个拱廊里吃点心。伊斯特点了两块夹心蛋糕。苏珊娜选了一张最后面的桌子，面朝着墙坐了下来。伊斯特走到桌前，托盘在她高高鼓起的肚子上方悬着。她坐下来的时候也一直不停地说。

"你为什么不说话？"她断了一个句子，问道，"有什么不对劲吗？"

"没有。我只是来这里穿的不太合适。"

"管他呢，"伊斯特说，"我们来吃蛋糕吧。"

伊斯特讲话的时候，苏珊娜看着她。她没有一直在听。伊斯特一会儿靠到桌子上，一会儿倚到椅背上。有两次她安静下来，眉头上扬。她在等着听苏珊娜的回答。苏珊娜没有听到问题，只是缓慢地点了点头，伊斯特就接着说。

蛋糕房里还响着一种吓人的警报声。是什么地方的一台机器在响。杯子和勺子相碰撞的声音，椅子被推开的声音。

"我说，你五点半要去干吗？"伊斯特说。

"我们要去我哥哥家吃饭。"

"你们经常去吗？"

"不是，呃，可能吧。我们会出去吃。"

"我们从来不出去。我们坐在家里吃肉酱。我现在也开始做一点饭了。"

"做得好吗？"

"我可不敢说，但是有进步。"

她们各自付了钱。伊斯特戴上帽子，在门口的镜子前蹲下来照照。她们一起走了一段，直到伊斯特要往右拐去车站。分别之前，她要了苏珊娜的电话号码，"因为我们现在必须保持联系了。"苏珊娜用眼线笔在一张纸片上写下自己的号码。她骑上自行车的时候同伊斯特招了招手。伊斯特挥舞着手臂。

风有些大，她努力踩着踏板。到了红灯的路口，她长呼一口气，把肺里的空气都呼了出来，听起来好像是一种形式的解脱。她任脖子向后仰去。


第二天伊斯特就打电话来，她想邀请苏珊娜晚上一起去看马戏表演。洛夫太累了，没力气出门，尽管票还是他拿到的。

苏珊娜谢过了她的好意，伊斯特也没多说什么。之后的聊天就轻松多了。苏珊娜关心了一下她的牙齿和胎儿，伊斯特讲了一堆同她妈妈的矛盾，还有类似的琐事。两个人聊了一个钟头。


接下来的十四天里，伊斯特定时打电话来。有一次她问苏珊娜和基姆有没有兴趣订份月刊。他们可以得到优惠价，而伊斯特会得到一个礼物作为回报。礼物是电子词典。苏珊娜当时就知道他们没有兴趣，但她还是放下话筒，走进卧室去找基姆。

"当然不要。"他说。

伊斯特没有半点不满。

"只是想给你们这个折扣罢了。"她说。

之后她们聊了将近一个半小时，都是关于伊斯特同洛夫的妹妹怎么合不来。中间还有过一个间歇，因为伊斯特要上厕所，"怀孕了，尿不尽。"之后伊斯特气喘吁吁地回到听筒前，说是看到洛夫从车里走了出来，她们最好还是别聊了。

于是她们就不聊了，苏珊娜放下听筒，走进厨房去找基姆。

"你没说多少话。"他说。

"她很无聊，需要找个人听她说话。"

"我看也是。"

"是她打来的，你不必担心电话费。"

"没人会有个丈夫叫洛夫，这名字太奇怪了。"基姆说。

"你不能这么随便评论人家呀，她又不能决定他叫什么。"

几天之后苏珊娜自己给伊斯特打了电话。那是个周日的下午。但是没有人接，于是苏珊娜就留了一条语音，说她打了电话，但是其实也没事。她下次再打吧。

她猜伊斯特会在那天下午打回来。但是她没有。周一，周二，周三，周四，都没有。可能是洛夫听到了留言却忘了告诉伊斯特，也可能是他们出去度假，或者留言机坏了。或许伊斯特满心以为苏珊娜会再打给她。而这正是苏珊娜所困惑的，她不知道自己愿不愿意再打一次。

但周五的早晨伊斯特来了电话，她在去看助产士的路上，所以通话很短。能不能周六中午见一面？如果可以的话，就在市中心的咖啡店。12点。伊斯特说话很快，没有笑。

苏珊娜在电话打来的时候刚睡了一会儿觉。她迷迷糊糊的，不知道除了可以之外还能说什么。她手里拿着电话，站在窗户前面。她听到基姆走到厨房里，打开了水龙头。她想着要是有什么原因不能赴约的话，总可以再打电话回去。

"那再见了。"伊斯特说。

"孩子还好吗？"苏珊娜说。

"这个还好，其他的都完蛋。"

"发生了什么？"

"我明天跟你说，现在赶着去见医生。"

"好，呃，那行。"

"拜拜。"

那是十一月的中旬，下了一星期的雨。下啊下。她不得不坐车去各个要打扫的公寓。这要花很长时间。她不得不干得比平常快一倍，总是大汗淋漓。一个星期下来，每天晚上九点以前她就累了。她在沙发上睡去，基姆不得不喊她好多次，她才回过神来，起身上床睡觉。当她终于躺到双人床上的时候，却有些清醒。她躺在那里听他睡着。吸气声时有时无。她推推他，他翻过身继续睡。她能看到花园里两棵树之间的黑色天空，一棵是榉树，一棵是小野莓树，很奇怪的组合。当一阵风刮过来，她能清楚地听到雨拍打窗户的声音。她在想雨滴会如何落到几百米外的海平面上。要是她一直想着这个，同时想象着自己躺在完全干燥的天气里，她的身体会变得沉重，最后慢慢睡去。

## 第十一章

　　她对周六有很多松散的计划，比如看看电视，在沙发上打盹儿。或者把基姆诱到外面，陪她在雨中走一走。要是她愿意的话，应该给父母——托本和简去电话，或许再给基姆的妈妈打一个。

　　下午回家之后再打也可以。或许出门也是个不错的决定。基姆想坐下来工作。他把这个星期的大部分时间都花在了琐事上，去见了税务员，去消了一个疣，还把一大堆破烂开车送到了废品站。

　　每天晚上吃饭的时候他要讲一讲第二天的目标。他的心情一直不错，最近他的灵感很多。苏珊娜怀疑这些灵感其实是因为他做了很多其他的事。她并没有说什么。好几个月以前，她曾经好心地给他提过一次建议，让他出去工作。附近的一家养老院有个一周半天的职位正在招人。他以为她在开玩笑，大笑了好一阵。她就也开始笑。他们一直笑啊笑。那是复活节的时候。餐厅的吊灯上斜挂着一只金黄色的小鸡①。她不知道那是只什么鸡，也不知道现在给放到哪里去了。

---

　　① 复活节为基督教的重要节日之一，纪念基督复活的事迹。民间流行在复活节期间用黄色小鸡装点房间。

她下火车的时候撑开雨伞，一手护着包走下月台。她的脚已经开始发痛。那双黑色的皮靴太高。脚趾挤得厉害。十一点五十分。她站在车牌前，开始研究火车的发车时间表。去商场的路上，她不停嘀咕着那些时间，"16，36，56"。


伊斯特已经到了。

她坐在最前面的一张小桌子旁。

她穿了一件绿色的羊毛衫，头发松散地绑起，颜色更深了。她的面前摆着一杯可乐，还没喝。看到苏珊娜的时候，她睁大了眼睛，没有笑。

"嗨，你来了，真好。"她说。

"当然会来。"

苏珊娜坐下。

"呀，我得去买一杯咖啡。"她说着又站起身。

她排队排了一会儿。一对情侣在等他们的菠菜饼。微波炉出了故障。她排队的时候能看到伊斯特的背影。伊斯特一动不动。她拿着咖啡走回她身边时，发现自己忘了加奶。她去拿了奶壶，往杯中倒满，把奶壶放回原位。坐了下来。

"你不吃点什么吗？"

"不了，我不饿。"

然后谁都没有说话。苏珊娜喝了一口咖啡，又一口。伊斯特盯着桌子。

"发生了什么？"苏珊娜问道。

伊斯特摇了摇头。只有头。

"你已经猜到了吧。"

"没有呀。"

"洛夫是个蠢货。"

"对。"苏珊娜说。紧接着一句：

"是吗？"

伊斯特没有回应，继续慢慢说下去：

"他有了别的女人。"

"谁？"

"主厨的一个人。"

"不是吧！很久了？"

"我不知道。已经结束了。"

"那还好。"

"不好，因为是她知道我怀孕了，不愿意继续交往下去。但他还是很爱她。"

"他这么说的？"

"嗯。"

然后伊斯特又坐在那里，盯着桌子，一言不发。苏珊娜喝着咖啡。不知什么地方发出了一声深沉的轰响，可能是商场的排气系统。

"一团乱麻。"苏珊娜说。

"我真他妈不明白他脑子里在想什么。"伊斯特说。

"我也不明白。"

"我现在不想跟他有半点联系。"

"当然。"

"可最糟心的是这个。"

她拍了拍肚子。苏珊娜点了点头。

"现在我要一个人应付了。"伊斯特说。

"但是，无论如何他还是孩子的爸爸啊！"

伊斯特抬起头看着她，她的嘴绷成一条直线。她再一次睁大了眼睛，没有笑。

"不！我再也不想见到他了！"

她的头又沉下去。

"那你想怎么办？"苏珊娜说。

"我正在想办法。"

"这一摊子。"

那轰隆隆的声音中混进了叮咚的声响。苏珊娜转过身。电梯的门开了，一个头发隆得老高的女人走出来，径直走向吧台，倚在上面。吧台后面的男人笑了一声，那个女人也笑起来。

伊斯特站起身去上厕所。苏珊娜喝完了剩下的咖啡。那个头发很高的女人走到吧台后面，消失在一扇门后面。过了一会儿，她系着围裙走出来，从过滤器里打出咖啡，伸手到柜子里找橙汁。伊斯特回来站在桌子旁。

"你的靴子在哪里买的？"她说。

"在市中心。一家小店里。"

"好看。"

"买了有一阵子了。"

"能不能帮我一个忙？帮我挑一双新鞋。我实在不擅长看鞋。"

"当然可以。现在吗？"

"嗯，谢谢啊。我必须想点别的事。"

"要平底的还是高跟的？"

"好看就行。"伊斯特敞着那跟她不搭的绿色羊毛衫，里面的衣裳是红色的。

她们在商场里逛来逛去，走路的时候更容易聊天。苏珊娜说，你应该为孩子想想，伊斯特也觉得她说的对。她在糖果店外面停下来，开始哭。苏珊娜搂住她的肩膀，眼睛里也含着泪。店里的女服务生边在甜筒上打冰淇淋边看着她们。伊斯特闻起来有点发酸，好像在哪里捂了很久。

　　"我刚才正想要进去给他买个杏仁糕。"她哭着说。

　　"或许你应该买。"

　　"不！我只是总忘记发生过的事情。我们不会再好了。"

　　"都会好起来的。"

　　"你这么觉得？"

　　"当然了。"

　　"他至少应该受到惩罚。"

　　"伊斯特，别想那么多了。"

　　她们慢慢往前走。伊斯特说，她周四晚上把洛夫赶出了家门。她逼着他交出了房门钥匙，感觉那好像是她唯一该做的事。他在楼梯上站了很久，还敲了几次门。她没有应声，躺在沙发上，尝试着止住眼泪。最后她听到他离开。她没有起身去看他的背影。她的肚子阵痛过好几次，但是万幸到早上的时候停下了。她正好预约了妇产科的检查，一切正常。

　　回到家的时候，电话里有洛夫的六条语音留言。他在妹妹那里。他肯定跟妹妹坦白了，伊斯特受不了这想法，她没有回电话。她把电话线和墙上的所有东西都拔了。以前掉眼泪从来没这么闹心，而她已经连哭了好几个小时。她那该死的身体很痛。她根本吃不下东西，但她不得不逼着自己吃了一块奶酪。她不知道自己该干些什么，或者该去哪里。她靠着墙坐在床上，埋在被子里。在今天之前，她没跟任何人说过话。

"你尽管打电话给我。"苏珊娜说。

"谢谢。"

"你跟你妈妈也没聊天?"

"你在开我玩笑吗?"伊斯特说。

伊斯特的妈妈又老又病恹恹的。苏珊娜不知道她是心理还是身体上的病。她住在一栋保障所的楼里,每一层都能发现蘑菇,伊斯特提起过一次。现在她妈妈总觉得不舒服,但是不愿意搬家。她说搬家会要了她的命。

"她要想的事情已经够多了,"伊斯特说,"而且她很喜欢洛夫。"

说到"喜欢"这个词,伊斯特又哭起来。这次她抓紧了苏珊娜,因为挺着肚子,她算是侧倚在苏珊娜的身上,浑身都在颤抖。她们就停在二楼的鞋店前,在伊斯特的身后,苏珊娜看到了橱窗里自己的靴子。她拍了拍伊斯特的胳膊,想把她拉开一点。

"会过去的。"她说。

"嗯。"伊斯特说着在包里翻找一块手帕。她擤了擤鼻子,转过身,然后又擤了一次。

"看,那是你的靴子。"她说。

"哪里?"苏珊娜问。


伊斯特买那双靴子的时候便宜了一点,因为皮子有一点发白。实际上很好看。她立刻就穿上了新鞋,把旧的放在袋子里。她们走出鞋店的时候,伊斯特把苏珊娜的胳膊挽起来,就这样挽着胳膊朝中心广场走。

"穿着挺舒服的?"苏珊娜说。

"嗯，挺好。"

"不挤脚吗？"

"不，挺大的。"

苏珊娜点了点头。

广场上有些舞者要演出，正在布置舞台。伊斯特坐到一张长椅上，把装着旧鞋的袋子放到大腿上。

"我必须搬出去一段时间。"她说。

"为什么？"

"我必须向洛夫证明，这次是认真的。我不愿意再在那个公寓里转悠了，都是他的味道。"

苏珊娜在长椅上挪了挪。

"现在就这样做有点蠢吧？"

"不，他以为我过两天就好了，我偏不！"

"但是你已经把他赶出家门了。"

"我不管。"

一个要跳舞的年轻女孩子在舞台上做了三个大跳，然后估测着距离。她旋转起来。

"我已经打包好了，把钥匙寄到了他妹妹家。"伊斯特说。

"你都准备好了？"

"他自己照顾他那摊子破事儿吧，死了倒好。"伊斯特说。

苏珊娜慢慢地摇着脚上的靴子。

"那你要去哪里？"

"苏珊，实际上我在想，我能不能暂时借住一下你们家的沙发？"伊斯特说着转过身对着她。

"嗯。"

"就一阵子。我不知道还能去哪儿。"

"嗯。"

"你真是太好了！"

伊斯特现在笑了，她看起来松了一口气。

"但是要是我说实话的话，"苏珊娜说，"我不明白你为什么要搞得这么麻烦。你留在那里会简单得多。"

"他应该知道，我自己能行。"

"但是你的办法就是搬家？"

"对。这是能让他明白的唯一办法。"

"你确定？"

"嗯！"

"好吧。"

"而且就像我刚刚说的，我已经打包好了。一个大包一个小包，就在那儿。"

她朝着储物柜那边点了点头。

"呃，你把它们带来了？"苏珊娜说。

"对，我打车来的，司机帮了我。"

这时嘈杂的音乐响起。屏幕上打起了灯光。她们很难听到彼此的说话声。

"呃，那我去给基姆打个电话。"苏珊娜喊道。

伊斯特点了点头。


话筒是热的。某个人刚刚把它放下。苏珊娜换了一只手，用另一只食指堵住耳朵。音乐在她身后轰鸣。

"伊斯特暂时没办法住在家里，她男人出轨了。所以她问能不能借我们的沙发住几天。"她说。

"你开玩笑吧？"基姆的声音听起来很远。

"不是玩笑，但是没办法，我没法对她说不。"

"她就没有个房子大一点的朋友？我们就两居室。"

"显然没有。我会尽量让她不要打扰你。"

她听不到他的回答。

"我不知道我们几点到家，"她说，"应该这就回去了。"

伊斯特说要付出租车钱，但是苏珊娜没让。她不想这么快回家。基姆需要一点时间。苏珊娜背着包裹，在雨中朝着月台走去。大包扛在肩上，她觉得自己就好像一只直立行走的乌龟。她的脚趾发痛，伊斯特走得倒是挺快，月台上有一辆火车在等着。她们加快了速度，在关门之前刚好跳进了火车。苏珊娜脚底一滑，差点摔倒，伊斯特笑了出来。

车厢里没有空座了。一位男士朝伊斯特招了招手，让座给她。她走进去坐下。苏珊娜在过道上站着。她的头发在滴水。包还挂在她的肩上，不知道怎么拿下来。

# 第十二章

　　基姆坐在那里工作。她们走进门厅的时候，他从写字桌前站起身。伊斯特走在前面，苏珊娜几乎没法进门，因为背上的包太大了。基姆微笑着，朝伊斯特伸出手去。

　　"这是伊斯特，这是基姆。"苏珊娜在后面说道。她气喘吁吁的，汗从她的发梢滑落。

　　她站在那里，伊斯特把外套脱下来，挂在衣架上。她看到基姆看着伊斯特的肚子，然后看向地面。他点了点头，因为他不知道该说些什么。

　　"伊斯特怀孕八个月了，预产期是新年夜。"苏珊娜说。基姆再一次点了点头，什么也没说。

　　"那意味着她应该那个时候生孩子。你是不是坐在那里工作？"

　　"对。"

　　"你可以回屋去了，我们泡些茶。"

　　"那我进去了。"

　　"先帮我把这个拿下来。"

　　苏珊娜转过身，基姆把那个大背包取下来。他把包放到客厅的地上。

　　"这就是那种可以睡在里面的包吧？"他说。三个人都笑起来。

伊斯特跟着走到厨房。她靠在玻璃门上看向外面，苏珊娜往锅里倒水。

"厨房里装一扇这样的门真好看。"她说。

"嗯，这是这房子的好处之一。"

"这几乎比得上一个独栋。"

"嗯。"

"我们的公寓在四楼。"

"那你爬楼可不容易。"

"嗯，不容易。过去不容易。"

她的声音哽咽了。苏珊娜转过身，想把一只手放到她的胳膊上。伊斯特摇了摇头。

"别了，只会更糟的。"她边哭边微微笑着。

苏珊娜站在她的对面，伊斯特吸了吸鼻子。卧室里很安静。苏珊娜转过身，去拿架子上的茶杯。走进客厅的时候，她透过半掩的门看了看基姆。他坐在写字桌前，向外看着她。她走进客厅，把杯子放到桌上，打开窗沿上的灯。再次走过卧室，基姆给她递来一个询问的眼神，她摇了摇头。

伊斯特已经在餐桌前坐了下来，她擤着鼻子。苏珊娜把水倒进茶壶，在柜子里到处寻找小饼干。只剩下一卷了，她在盘子里摆上一排。

"但是现在我再也不用受那些楼梯的折磨了。"

"对呀。"苏珊娜说。她顿了一下，接着说：

"我们进去喝茶吧。"

"我们不能坐在这里吗？我喜欢坐在厨房里。"

苏珊娜站了一会儿，点了点头。她在伊斯特坐下之前把茶杯拿回来，没看基姆就把卧室的门关死了。苏珊娜悄声地说话，幸好伊斯特的声音也被带低了下来。

苏珊娜坐下来，想着一只鸡应该够三个人吃了。伊斯特用胳膊擦了擦眼睛，苏珊娜把纸递给她。她想到厕所里可能有些脏，她得赶在伊斯特去之前打扫一下。但是基姆先去了，还在里面待了很久。之后他往厨房里看了看，她们冲他微笑了一下，伊斯特拿起卫生纸擦鼻子。

"唉，不好受吧。"基姆说。

"嗯。"伊斯特说。

他走回到书桌前，苏珊娜去厕所稍微打扫了一下。之后她又泡了一些茶，伊斯特嚼着口香糖，不想吃饼干。她拿出一面小镜子，看了看自己的眼睛，又哭了起来。她讲着关于洛夫的妹妹的故事。苏珊娜想着，他们只有两床被子，但是要是在一床被罩里放上几张毯子，应该可以。

"我猜，她一直都假得很。"伊斯特说。

"嗯，但是你也不能确定呀。"

"也不是完全不确定。人都有第六感。"

"那倒是真的。"

"我一直以为，洛夫什么都好。"伊斯特说着又哭了起来。

那只鸡够吃了。他们三个人坐在那里吃。味道也不怎么样。她没办法集中精力做饭，连盐都忘了加，但是伊斯特就坐在炉灶旁边哭。那只鸡做得很难吃。冷冻过，而且肉很干。她在吃饭的时候不停地自责：

"我做炸鸡超级烂。"

"别介意，我自己也是。"伊斯特说。

"味道很棒。"基姆说。

"不是，一点都不好吃，你说呢，伊斯特？"

"是不怎么好吃。"伊斯特说。

"你自己听听。"苏珊娜说。

"我们不能安静点吃饭吗？"基姆说。

他们继续吃。基姆和苏珊娜很少在客厅里吃饭。餐桌上的灯光很暗，椅子也太低。坐得有点别扭。苏珊娜曾经建议把桌子腿削掉一点，但是基姆不同意。他一点都不介意。

"对不起哦，桌子太高了。"苏珊娜说道，但是没有人回答。


晚饭之后，基姆执意要收拾桌子。苏珊娜放上音乐，伊斯特在那个大包里翻来翻去。她有些气喘吁吁的。

"你在找什么？"苏珊娜说。

"我猜我忘带吹风机了。"

"你现在就要用吗？"

"没有，但是明天要用。我必须得用吹风机。"

"你可以先用我的。你不想在沙发上躺躺吗？"

"嗯，可能我应该躺下来。"

她坐到沙发的边上，艰难地脱下自己的靴子。苏珊娜早就把自己的脱下来了。当基姆开始用抹布擦桌子的时候，伊斯特那边突然传来砰的一声。她倚到沙发背上。

"真是对不起。"她说，"是我的晚间屁。"

苏珊娜笑了。基姆发出了一声笑声。伊斯特没有笑。

基姆擦着桌子，抬头看向苏珊娜：

"你放起了音乐。"

"对啊。"

"为什么要放音乐？"

"听听音乐很正常啊。"

伊斯特看着他们。基姆擦啊擦，苏珊娜把烟灰缸和花重新摆到桌子上。

"我们要不要来点咖啡？"基姆问。

"伊斯特不喝咖啡。"苏珊娜说。

"她自己有嘴回答。"

"呵呵。"伊斯特说。

基姆跟她们一起留在客厅里看一档竞猜节目。基姆很少看这种电视，而他坐在那个白色的扶手椅上的次数就更少了。苏珊娜伸出脚蹭蹭他。他看着她，她微笑起来。她想要站起来拥抱他，但还是作罢。伊斯特手里拿着一卷卫生纸，躺在那里。

"看那个男的，又蠢又丑。"伊斯特评论着节目里的一名选手。

"穿绿衣服的那个？"基姆说。

"对。"

"他是不怎么聪明。"

"嗯，连下巴都没有。"苏珊娜说着又用脚蹭了蹭基姆。

她站起身走去厨房，在玻璃门那站了一会儿，心里期望着基姆会跟上来。外面的天空是黑色的，雨可能已经停了。她打开门，感觉到稀稀落落的雨点。她把整个上半身探到花园里去，风打在脸上，好像喝了一杯冷水。她关上门，走回到客厅。他们已经换了频道，正在看一部刚开始的电影。

苏珊娜找到了一条干净的毛巾，把两条羊绒毯子塞进被罩里。伊斯特还穿着来时的衣服，躺在沙发上。她面色苍白，头发乱七八糟。

"我一点力气都没有了。"她说。

"那就躺着吧，希望你在这个沙发上能睡着。"

"我现在在哪儿都能睡着。"

"你底下得再铺一层。"

"没事，不用了，谢谢。"

"不行，得再加一层。"

苏珊娜尝试着把垫子塞到伊斯特身下，但是塞不进去。

"唉，那我就放在这里，你一会儿自己铺吧。"

"行。"

"嗯，光靠那些靠垫很容易出汗。"

"好的，好的。"

伊斯特又打了个哈欠。基姆从浴室出来，站在门口。

"那晚安啦，伊斯特。"他说。

过了一会儿，苏珊娜走进卧室，赶紧钻到被窝里，靠着他暖暖身子。她的牙齿都在打战。他闻起来有牙膏的味道。

"今晚不行。"他说。

"哦，当然不行。"

她贴近他的脸。

"谢谢你帮忙。"她说。

"帮什么忙？"

"呃，你觉得呢？"

"没事。"

"对不起，我今晚让她来住沙发。"

"别一个劲儿地道歉了。"

"我希望她明天早上别再放屁，奶奶的。"

"哦？你不是真这么想吧，奶奶？"基姆说。

半夜客厅里传来砰的一声。他们赶紧起身，发现伊斯特穿着睡裙，站在客厅中央，开了灯，举着双手。身后是一把倒下来的椅子。

"我起身太快了，不是故意的。"

"没关系。"

苏珊娜走过去扶起椅子。

"你睡不着吗？"她说。

"能，但是腿抽筋了。"

"我们能做点什么吗？"基姆说。

"不用了，回去睡觉吧。哦，你们家还有面包吗？"

"抹了黄油的？"苏珊娜说。

"嗯，呃，别了，就面包就行。还有一杯牛奶。"

基姆给自己也倒了一杯牛奶，之后一切又恢复了平静。

星期天三个人都睡了很久。伊斯特起的最晚。基姆和苏珊娜坐在厨房里看报纸，一个板块接着一个板块。外面没有下雨，但是刮着很大的风。树枝和废纸板在花园里乱飞，敲打着玻璃门。

伊斯特十二点十五的时候起床。她走进厨房，坐了下来。基姆正在专心地看着一篇长文章。苏珊娜切开面包，把果酱和奶酪摆到桌上。伊斯特开始吃。他们都没说话。基姆合上报纸，站起身，走进卧室。苏珊娜洗碗。基姆走回来，穿上了外套，说他想出去买一份报纸。

"再买一份？"苏珊娜说。

"对。"基姆说。

他把帽子戴上，砰的一声带上了门。

"你们不用为我改变生活习惯。"伊斯特说。

"嗯，没改。"苏珊娜打开冰箱，看看午饭还够不够。

伊斯特洗了个澡。她洗了很久，苏珊娜能听到水喷溅到墙上的声音。当基姆带着报纸和一升牛奶回来的时候，伊斯特还在洗。

"她在洗澡？"基姆问。

"对，刚进去。"

基姆带着报纸躺到床上。他关上了门。苏珊娜走进客厅，把百叶窗拉起来，然后想到一会儿伊斯特还要在这里换衣服，又把百叶窗放下来，走到厨房里。她找到第一份报纸里的字谜游戏，开始填。

伊斯特浑身用毛巾包裹着走出来，她的大肚子几乎都盖不住了。她走进客厅，关上了门。浴室里飘出大量的湿气。苏珊娜走过去看看里面脏成了什么样。

很脏。地上都是水，镜子上的水在往下滑，厕纸都软了。她考虑了一下要不要告诉伊斯特，她可以用她的毛巾。但是她脱下袜子，走进了浴室，用自己的旧毛巾擦干净了墙壁和地板。毛巾拧干，挂起来晾上。她想着，下次告诉她洗完澡之后需要稍微打扫一下也来得及。如果还有下一次的话。

伊斯特借用了苏珊的吹风机。

她站在走廊的镜子前，一边烘干一边用手捋着头发。同时轻轻摇着头。她的头发显然很多。至少要烘干很久。她把吹风机开到了最大挡。整个屋子都是烘热的头发的味道。

苏珊娜在客厅和厨房之间来回走动。第三次经过的时候，她透过噪音跟伊斯特说："这样可能会烧着的。"

"啥？"

伊斯特伸长脖子，她的头发搭到肚子前面。

"要是你一直用的话，可能会烧着。"苏珊娜放大了嗓门。

伊斯特关上了吹风机。

"差不多干了。我把它放哪儿？"

"给我吧。"

吹风机有些烫手。她把它放到伊斯特面前的梳妆台上。

他们坐在客厅里，穿好了衣服也吃完了饭，不知道接下来该干吗。苏珊娜一直觉得，他们还没有好好地把洛夫的事情梳理梳理，但是伊斯特说她暂时没办法再谈起这件事。

"我会伤心过度的，她说着指了指自己的肚子。"

苏珊娜点了点头。

"但你现在怎么办？"她说。

"不知道。"

"我觉得你必须同他谈谈。"

"不是现在。他应该为我担心。"

"我猜他现在就已经很担心了。"

"还不够！现在不行。"

"那什么时候？"

"再过一些天。我现在不想谈这件事。"

苏珊娜点了点头。今天是周日，她想着。伊斯特用有

059

些发抖的手遮住眼睛。

"我们出去散散步怎么样?"苏珊娜说。"去湖边然后再回来。你行吗?"

"嗯,当然行。"

"可能基姆也想去。"

他不想。当她推开门问他的时候,他已经睡着了,而且因为被吵醒而生起气来。

# 第十三章

幸运的是那个星期都没有下雨，她可以骑车去打扫卫生，这比坐公交要容易多了。每天早上九点到下午四点之间她要打扫两所公寓，完全没问题。她的工资按每家三个小时来算，这给她中午吃便当提供了充足的时间，之后可以骑车去最后一个地方。

周三下午她在一个共产主义者家打扫卫生。那是一个在公共机关担任高职的女人。她结了婚，有一个男孩。苏珊娜见过她两次，每次她都会强调说，苏珊娜一定要记得中途多休息。要是她饿了的话，可以自己拿面包沾果酱吃。她完全没必要有压力，能干多少干多少。苏珊娜应该知道，每个周三回家对她来说都是一次享受。所有的东西都散发着干净的味道，不再脏兮兮的。

苏珊娜在这个女共产主义者家里下了不少功夫，而且也的确有很多脏东西需要清理。公寓用的是涂漆地板，那种最容易让灰尘堆在一起的地板。大量的木制和羊毛家具，两条木底沙发，一个五斗柜。针织衫躺在地上的一个篮子里，还有大量的手工玻璃制品。厨房的桌子上摆着剩的早饭，她被告知自己不用操心那张桌子。

大部分的公寓里都会有这样的剩饭。她总是情不自禁地去打量它们，想象着这家人的早晨。盘子里常常会有面包屑，切下来的奶酪皮，甚至显得有些孩子气，让人无言以对。她还会去想象那些在匆匆离开之前吃这些早餐的人。有的时候她希望自己就是他们。每次她来这个女共产主义者家里打扫卫生的时候，都会想攒钱去买个长椅，或者开始织毛衣。有的时候，她也会希望自己再老几岁。

那个周三，女共产主义者家有人过生日。餐桌上摆着两面小纸旗，杯子里有剩下的果汁，盘子上剩着半片面包。她看了看垃圾桶，那里躺着面包袋还有揉在一起的包装纸。是爸爸过生日。在餐桌上留着一张给他的卡片。还躺着给苏珊娜的工资，多包了几百块钱。"给自己买束花吧"，纸片上写着。

她也不是非常热爱打扫卫生。这是一项要求很高、舒适度很低的工作。她总是汗流浃背。她的手指头很干，头发很油腻。她会精疲力尽，但是也没有办法。她尽力而为。所有的公寓都一样。

她首先用干抹布擦掉脏东西。在玻璃和木板面上要用抗静电的抹布。之后认真仔细地吸尘。她挪开所有的家具，连柜子和书架底下的角落都不落下，沙发上的靠垫底下也是。然后是浴室和厕所，最后把厨房的地拖一遍。等着地干的时候，她会用一块洗碗布擦净镜子和玻璃门。她不怎么用玻璃清洁剂，不用效果反而更好。她把地毯边缘的毛穗整理好，把靠枕拍齐整。打开几扇窗户，叠好报纸。

每一个公寓结束之后都会有一种满足感。干活的时候她会去想象很多不同的东西，比如这家的主人会怎样度过晚上的时光，或者这家的家具还可以怎么摆放。哪里应该做办公室，走廊的墙上应该挂什么。几乎所有的公寓都非常大，客厅里摆着好几个沙发。

那个女共产主义者家的沙发垫下面压着很多不同种类的零食。爆米花，薯条，掉了的糖果。暗色、胶黏的东西，她鉴定了一会儿，觉得是干了的水果。吸管，面包渣，小玩具，还有钩针。

把这样的一个沙发打扫干净是一种享受。其实这是没有人会知道的工作，因为她确信，女共产主义者不会知道她打扫得这么细致。但是没关系。她用吸尘器吸呀吸，听它发出咔嚓咔嚓的声音。有东西被吸进去了，干净了。她想象着这个女人，站在门口，感叹一声"啊"，把自己的裘皮大衣挂到钩上，她老公把买的东西拿出来，放到厨房里。粗粮面包，果汁，还有橄榄。那个男孩把客厅架子下面的乐高玩具箱拿出来。他们喝着咖啡，之后再做饭。他们走来走去，到各个房间闻一闻。

女共产主义者说，他们雇用苏珊娜来帮他们打扫卫生，是因为想给彼此多一点时间。苏珊娜能够理解。她有的时候也想这样，沙发上也可以什么都有。

信封里多了几百块钱，需要用掉，但是她不想买花。最多一枝风信子，她看到有一些花店已经上了。她买了一枝粉红色的，把剩下的钱用来买一瓶红葡萄酒，还用四十五块钱买了一个蛋糕。车筐里没有地方了。她小心地骑着车。

伊斯特坐在那白色的躺椅里看书。苏珊娜远远地就可以看到她。客厅里亮着灯，外面的天很暗。她把车骑到花园里。卧室里很黑。她从厨房的门走进来，喊了一声"嗨"，伊斯特回应了一声。基姆没有回答。她把蛋糕放在厨房的桌子上，穿着大衣走进客厅。

"基姆人呢？"她说。

"他去找物业了。"

"现在？为什么？"

"你们的水管一直漏水。"

"哦，我没注意。"

"上午才开始的。"

苏珊娜点了点头：

"好吧。感觉怎么样？"

"好极了。"

"你都干吗了？"

"啥都没干。哦不对，我吸尘了。"

"伊斯特，你不应该走来走去地打扫卫生。"

"嗯，你们都这么说。"

"那就别干了。"

她走到厨房，往锅里倒上水。把咖啡放到过滤壶里，在杯子里挂上一个茶包。她正往桌子上摆盘子的时候，伊斯特逛了过来。

"我们要干吗？"

"吃蛋糕。"

"我们要吃蛋糕？为啥？你不把大衣脱下来吗？"

"哦，得脱。"

她穿着大衣走到走廊，基姆这时推门进来，亲了她一下。

"你闻起来很奇怪。"他说。

“我今天干了一天活。我们要吃蛋糕。”

“蛋糕？为什么？”

他跟着她来到厨房。伊斯特已经坐下了，基姆坐到她对面。她把水倒到壶里、杯子里，通通放到桌子上，还有盒子里的蛋糕。基姆打开盖子，嘴里打了个响。

“我从一个雇主那得了点买花的钱。但是我觉得我们一起吃个蛋糕更好。”苏珊娜说。

“哇，这么好看！”伊斯特说。

“谁给你的钱？”基姆一边切蛋糕一边问道。

“一个女共产主义者。她总是那么好。”

苏珊娜坐下，把伊斯特的盘子递过去。

“这是个共产蛋糕？”伊斯特说。

“丹麦没有共产主义者了。”基姆说。他的手指上沾了一点奶油。

“天啊，里面有马卡龙。你从哪知道她是共产主义者的？”伊斯特说。

“是苏珊娜自己幻想的。”基姆说。

“水管出了什么问题？”苏珊娜说。

“漏水。他们过几天来修。”

“因为我不得不连续按了三次马桶。”伊斯特说。

“不是，我觉得跟你没关系。”基姆说。

“嗯，没事。”苏珊娜说。

蛋糕里还有杏仁，总的来说很不错，苏珊娜吃了很多。她打扫完卫生食欲像猪一样。之后她想洗个澡，把妆化上。晚饭可以吃晚一些，现在三个人吃蛋糕都吃得很饱。

“她用画框裱起了人民杂志的封面。”苏珊娜说。

“那可能有很多解释。”基姆说。

"不是的，她还有很多上面画着锤子和镰刀的盘子。她丈夫会说俄语。"

"洛夫的表弟年轻的时候也是共产主义者。"伊斯特说。

"真的吗？"基姆问。

"她自己告诉我她是共产主义者的。"

"哦，她是怎么说的？"

"就只说她是共产主义者。"

"就这么说的？"伊斯特问。

"她说：'你好，我是共产主义者，你是什么？'"基姆说。

"差不多。"苏珊娜说。

"奇怪的女人。"基姆说。

"但是你不反对吃这个？"苏珊娜说着用手使劲戳了戳蛋糕。然后她站起身，走出去洗手。她换下衣服，立刻洗了个澡，洗了很长时间。洗完之后镜子里都看不到人了。她走进卧室，头发还没整理，打开了衣柜。基姆躺在床上。她把内衣找出来，快速地穿上。她能感觉到基姆在看着她的后背。

"你有点太激动了。"他说。

"没有，但是你应该跟我好好说话。"

"你的内裤穿反了。"

"是嘛！"

"谢谢你买的蛋糕。"

"不谢。你不工作吗？"

"不了，我今天干完了，已经写了不少。"

"那真不错。"

"还不是你让咱家这么挤的。"

"呵！这话说得好听。"

伊斯特已经收拾好了桌子，正要洗碗。

"放那吧，伊斯特，不用你洗。"她说。

"嗯，是可以放在这儿。"

伊斯特把盘子放在水盆里。因为那个肚子，她的站姿有些奇怪。她把最上面的盘子拿起来，清洗了一下。苏珊娜拿起散热器上的抹布。

"怎么样？"她问。

伊斯特耸了耸肩。

"一边有点疼。"

"很严重吗？"

"没有，就一点。"

"你今天跟谁聊天了吗？"

"跟谁聊？哦，我还真给我妈打了个电话。"

"你跟她说什么了？"

"没什么。我就假装待在家里。我说都挺好的。"

"她要是打给你怎么办？"

"那她就跟洛夫聊呗。"

"然后他跟她坦白？"

"不。他才不敢呢，他就装作什么都没发生。"

"你不觉得快该跟他聊聊了吗？"

"嗯，我已经决定了周一去找他。要是你们没意见的话。"

"当然可以。"

苏珊娜把抹布放回原位，坐了下来。她打了个哈欠。用手按摩着肩膀。

"你累了？"伊斯特说。

"嗯，是有点。"

"你今天晚上应该跟我去上瑜伽课，能补充很多能量。"

"你要去练瑜伽？不了吧，我太累了。"

"会很减压的。"

"不了，谢谢，伊斯特。我也没怀孕。"

"那都无所谓。你一定会有所收获的。"

"还是算了，谢谢。什么时候？"

"七点开始。"

"那我们现在该做点饭了。"

苏珊娜站起身，打开冰箱。她把蔬菜柜打开，拿出一袋土豆。

"不用特意为我做饭，我练瑜伽之前不吃东西。"

"你得吃一点。"

"我可以回来的时候吃一点面包。"

"你确定？"

"百分之百确定。"

伊斯特走进客厅。苏珊娜把土豆放回冰箱里。她打开回来时买的那瓶红酒，倒到醒酒器里。然后她走进卧室。花园里的灯给卧室添了一些光。基姆还躺在床上。她坐到办公椅上，转过椅子朝向他。

"基姆，"她低声说，"伊斯特今晚出去，她要去练瑜伽。"

"嗯。"

"而且她只在这里待到周一。然后她就搬回家。"

"到周一还有很长时间。"

"你想让我怎么办？"

"我想让你别这么紧张，放轻松。"

"怎么放轻松？"

她深吸了一口气。他在床上一动没动。

"我实际上只是来告诉你她今晚不在家。"她说。

"哦，那，挺好的。"

然后他转过身，背对着她。

她走到厨房，把土豆又拿了出来。她把它们倒进水池，拧开水龙头。她关上水，然后在一块抹布上擦干了手。她走进客厅。伊斯特坐在扶手椅上，无所事事。

"可能我还是跟你去上瑜伽课吧。"

# 第十四章

还有十分钟就到七点了。

一个干瘦的女孩儿肚子微微鼓起，带来家里花园种的苹果给老师吃。她坐在更衣室的长椅上，换了衣服，苹果放在两脚之间的白色塑料袋里。

"嗨。"伊斯特和苏珊娜进来的时候她说。

"好呀。"伊斯特说。苏珊娜点了点头。

她不知道自己该带什么衣服来。伊斯特说宽松的就行，所以她就带来一件毛衫，一条她刷墙的时候穿过的绑腿裤。膝盖上有些白点，很是宽松。现在她在那里换衣服，后悔极了。不断有孕妇们走进来，而且她们都穿得很好看。她转过身，对每个人微笑。她把毛衫往下拉了拉。

"穿了脏兮兮的绑腿裤来，真对不起。"她冲着屋里喊，但是没有人回答她。伊斯特站在那里，把头发梳成高马尾。客观地讲她是一群人里最好看的。脂肪分布很均匀，而且她很高。她也是怀孕最久的。

"你是谁？"一个胖胖的女人说。

"我？"苏珊娜指着自己。

"是新来的吗？你还没怀多久吧？"

那个胖胖的女人在家里就换好了衣服。她的眼睛放着光。

"没有，我就今天来看看。我没怀孕。"

"她跟我来的。"伊斯特说。

"好吧，伊斯特。"那个胖女人说。

"嗨，伊斯特，"最后来的那个女人说，"开始下垂了吗？胎动减少了吗？"

她指着伊斯特的肚子。

"没呢。孩子的脑袋在这儿。"伊斯特说，三四个女人走到她身边，围着她。伊斯特把手放到肚子上，走出屋，后面跟着一群人。


老师叫丹尼斯，微胖。那个瘦弱的女孩把苹果带给他，他笑着道谢。伊斯特解释说，苏珊娜是来试课的，但是她没有怀孕。

"那就我们俩没怀。"他指着教室的另一头，大家把自己薄薄的垫子拿过来。苏珊娜也拿了一个，摆在伊斯特旁边。大家都用不同的方式坐着，伊斯特跨坐在垫子上，后背挺直。

屋里很热。丹尼斯说了声抱歉，下楼去调暖气。窗户没法打开。在他离开的那几分钟里，大家可以坐在那里做呼吸练习。她们照做了，但是也常开小差，说些有的没的。当伊斯特说些什么的时候，所有人都笑起来。


伊斯特很擅长瑜伽。丹尼斯两次让她去前面做示范，两次都称赞她的准确和柔韧性。

屋里的味道很糟，苹果和脚的味道。他们要换很多种不同的方式坐着或者躺着。有一次他们要两个两个站在一起，背对背，苏珊娜和丹尼斯配对。他做了一个动作，让

071

她的脊柱咔嚓响起来，感觉很好。

"你经常锻炼吧，身体很棒，"丹尼斯说，他们拍了拍手，在地上转圈。他穿了一件黑色的T恤。

"哦？"苏珊娜微笑着。

最后是舒展运动。丹尼斯的声调渐渐放低，他们躺在垫子上，舒展身体的不同部位。苏珊娜还没跟着做到右腿，就睡着了。当她一惊，醒来的时候，丹尼斯站在她身边，眨着眼睛。她坐起身来，摇了摇头。很多人都要走了，时间过得很快。她的对面是那个瘦瘦的女孩儿，背对着她，正在练习。她的屁股就像一个小小的被压扁了的南瓜。


坐火车回家的路上，苏珊娜觉得伊斯特完全变了个样。她的话没那么多了，一动不动地坐在那里，穿着新靴子和长长的棉衣。

"你为什么没提起过你这么擅长瑜伽？"苏珊娜说。

伊斯特耸了耸肩。

"你去练多久了？很久了吗？"

"几年了。还去过别的班。"

"那里的人都很有趣。还有老师。"

"他是丹麦最好的老师之一。"

"是吗？"

"对。所以我才选他。他是最好的。"

"我能想象。"

"嗯。"

伊斯特深吸了一口气，把手绞在一起，不再说话。

"你是那个班里最好看的。"苏珊娜说。没有得到回答。但是当她们回到家，伊斯特把大衣挂起来的时候，砰的一声，就像之前的那些天一样。

周四早晨苏珊娜几乎下不了床。好像她的右肩有什么东西错位了。一整天她都不得不用左手揉着右肩。骑车的时候，整个后背都倾向一边。

那天她心神不定。打扫卫生的时候都没有看自己在干什么。最后一个公寓里，当她挪床的时候，有什么东西松动了。她不得不花了近半个小时修补那处破损，剩下来的时间很紧。当她砰的一声关上门的时候，汗水从脸颊上流下。她在还有两分钟到四点的时候走到自行车前。她忘记了带车灯，不得不赶在天完全黑下来之前骑回家。

## 第十五章

　　伊斯特住在那里的几个星期，公寓发生了一些变化，不再是应有的样子。倒不是因为伊斯特把一切弄得一团糟。那个大包躺在客厅的一角，她把那里收拾得干干净净的。每天上午她把自己的被子扛到走廊里，放进衣柜。把沙发垫放好，开窗通风。

　　但是卫生间里，她的洗漱包放在最上面。架子上还放着一只戒指，因为她戴不上了。厨房里的干面包罐上面放着她的补铁药片，"这样我才能记得吃。"伊斯特每天都吃干面包片。她买了一罐草莓酱，把它放在冰箱的最上面一格。她很喜欢配着草莓酱吃奶酪，奶酪吃得很快。厕纸也是，还有架子上的可可蛋糕。

　　一个周五的上午，苏珊娜坐在厨房里，翻看着登着打折讯息的报纸，标记着。那是她的休息日。基姆在工作，伊斯特还在睡觉。十点多了。她想买三包猪排，放到冷冻室去。还想买包柔顺剂，洗一些衣服。但她想先打扫卫生。伊斯特快到十点半的时候起床，去卫生间，这时苏珊娜把吸尘器从柜子里拿出来。她从客厅开始，把窗户打开，伊斯特的被子拿到门厅。餐桌旁的椅子倒过来放到桌上，吸起面包屑。伊斯特从厕所走出来的时候，她可以开始打扫厨房了。她把天花板和钩子上的蜘蛛网吸掉。突然，电源被拔掉了，基姆站在门口，手里拿着插头，厉声道：

"我以为你周五休息！你这样很吵！"

"我马上就干完了。"

"那天不是已经打扫过了。"

"我们现在三个人，很快就又脏了，"苏珊娜说。

但她还是停了下来。走到卫生间，打扫伊斯特留下的脏东西，尽管本来她自己也要去洗澡。她清洗了水槽，擦净瓷砖和镜子。她能听到伊斯特在厨房里翻箱倒柜。她走到厨房，伊斯特坐在那里，就着奶酪和果酱吃黑面包。

"没有干面包了吗？"苏珊娜说。

"没了，我去买一包。"

"我可以去。正好要去买东西。"

"好吧，我要去城里。"

"去干吗？"

"一些小事。我离开几个小时。"伊斯特说。

"好的。"

苏珊娜感觉自己的声音轻柔了下来，从热水壶里倒了一杯咖啡。她坐下来。伊斯特翻着那份登着打折消息的报纸，嘴里嚼着面包。她的样子很多变。今天她化了眼妆，但是头发很油。她把头发挽到耳朵后面。

"你睡得好吗？"苏珊娜说。

"不好。我每天晚上都会醒很多次，所以我才会睡那么久。"

"你躺在那里想事情？"

"对。而且会抽筋。"

"你必须跟洛夫谈谈。你很久以前说过要找他谈谈。"

"对。"

"但是你没有。你必须去。"

"嗯。"

"你必须搬回去。"

"我不确定。"

"那你要搬到哪里去?"

"可能搬到我妈那边的一间公寓。"

"得了,伊斯特,别胡说。你必须搬回去跟他谈谈。你们就要有一个孩子了。"

"我知道。"

伊斯特的下巴在颤抖。她放下面包。

"对不起。"苏珊娜说。

"没关系。"


伊斯特走了之后,苏珊娜洗了一个长长的热水澡。她用了护发素,刮了腿毛。褪掉脚趾上旧的指甲油,涂上新的,修了修眉毛。她想着,今天晚上可以吃那包打折的猪排,配上辣番茄酱和意面,就像基姆喜欢吃的那样。可能她会做一些水果沙拉,配上核桃和巧克力。

她走进卧室。基姆在她把浴巾扔到地上的时候转过身。他站在她身后,抱着她,把衣服脱下来;她想不出他是如何同时做两件事的。

"我还没洗澡。"他说。

"没关系。"

她倚过身子,能在他抬起胳膊的时候闻到他腋窝的味道。

上一次是很久以前了。很快。她很喜欢。转过身,亲吻他。汗水沿着他的脸颊滑落。他们在地板上站了一会儿。

"你不要工作吗？"她心里想着他肩膀头上的那一块长的真美。

"嗯。这就工作。"基姆说。但是这时有人猛敲门，他赶紧穿上衣服走出去。是物业来修水管的。他在公寓和街道之间来来回回地跑，他的公用车停在客厅的窗户前。在他去车里拿工具的时候，苏珊娜跑出来拿化妆包。

她在厨房的窗户前涂口红。浴室传来金属撞击着陶瓷的声音。她用了粉扑，画了眼线，但是当她想吹头发的时候，吹风机却不管用了。不管她开关了多少次，都没有反应。

她走到客厅，一边做猜谜游戏，一边等着头发自己干。她有些心烦，但是也没太不高兴。真的生气是大概半小时之后，那时头发已经干了，她在走廊里穿上了一双过大的靴子。她拖着靴子走来走去，嘴里骂骂咧咧地。最后她不得不穿上了雨靴。

他们几乎总是在五站路远的那家超市买东西。骑车十分钟，不是很方便，但是那家超市的经理跟他们住在同一栋楼里，是最顶层的四居室大公寓。他保证要是他们想的话，东西都可以给他们会员价。他的妻子在一家印刷社工作，有的时候会往信箱里扔一些很贵的月刊。

基姆和苏珊娜唯一要做的就是在他们每年一月去南部旅行的时候给他们的花浇水。

那家超市的员工比其他地方的都友好。要是在超市里碰到，他们会打招呼，整个氛围让她想起自己长大的那个小城，小城里的商店。除此之外，超市里很干净，所有的东西一过保质期就会被扔掉。

她站在蔬菜栏前，盘算着一包沙拉菜能不能搁到周日。她把它放到菜篮里，往前走了一圈，又转回来，多拿了一包，加上三根打折的黄瓜。在冷冻柜前她决定买两份三包的猪排，都在打折，她回家就放到冷冻柜里，除了一包今天晚上吃。她又折回到蔬菜栏前，查看现在的鲜番茄多少钱。最后还是继续走到罐装食品区，选了三罐番茄罐头。她还买了两种不同的大块奶酪，还有午饭要吃的熏鱼，厕纸，还有厨房用纸。

篮子渐渐很满了，她没了概念，越拿越多，印着玫瑰花的手帕纸，灯泡，尼龙袜。在五金制品架前，她买了台半价的吹风机。是亮金色的。她犹豫了一会儿要不要给伊斯特也买一个，但还是作罢。

九百多块钱。四个大袋子，还不包括厕纸和厨房用纸。她提前找出交通卡，摆着手。车到站的时候，她刚好赶上。

# 第十六章

没必要坐下。她就站在车中央，几个袋子靠在一角，最后一只袋子夹在两腿之间。这样的话她就可以腾出两只手，以防急刹车。还真的有一次急刹车。她往前一倒，双手放到了穿羽绒服的一对肩膀上。一位上了年纪的女士倒在了她的后背上。然后刹车过去了，所有人都又站直了身子。那位倒在她身上的女士拉着一条带子站了起来。

"呲溜。"她说。

她的花呢大衣袖子下面开了口子。她朝着那个洞点了点头，冲苏珊娜微笑。

"呃，好尴尬，"她说，"你也看到了，那我没什么好遮掩的了。"

她讲话尤其慢，甚至有些懒洋洋的。

苏珊娜微笑着。

"其实不是的，我正要去女儿那里，把大衣上的这个洞补上，"女士说，"我就直接穿着来了。她工作的地方有些专用针。唉，真是冷啊。"

她摇了摇头，把一只肩膀耸起到耳旁。耳朵很大。

"所以我马上就买了几条打底裤，有个好牌子，我付的原价。就像大家说的，这钱花在对的地方。不过，唉，她是爸爸的女儿。他们总是赖在一起。要是你问我的话，对于男人来说也简单一点。他们没那么多义务。"

她一字一顿地说完了最后一句话,然后声音又降下去。

"就像昨天一样,我换了床单,出去买东西,每天桌上还要摆上三次饭。"

每说一点她就要伸出一根手指。然后她把手放到一边。

"他什么都不用干,就只要挪挪他的烟灰缸。但是连这他都没干。"

她悄声说话。

"他小便的时候,味道难闻得要命。因为他站着撒尿。大家说那样尿就氧化了。我问他能不能坐下来撒,但是他不愿意。在客厅里就能听到尿溅到马桶边上。你知道的,多恶心。"

她清了清嗓子,后退了一点。

"但是每个人都有难处。我的二女儿住在澳大利亚。但是我们才不会去坐飞机。所以她就得回来。她的确这么做了。她朋友的食管坏掉了,但是现在科技这么发达。他们把他的喉咙切开,放进去一个夹子。你要下车了吗?"

苏珊娜点了点头。

"现在天天发生这么多事,"女人说,"我们这些老人都没有这个机会。"

# 第十七章

她进了家门，心情又变糟了。幸好伊斯特还没有回来。基姆躺在那里睡觉，报纸盖在肚子上。电脑开着，卧室里乱七八糟。她为他关上门，然后开始收拾买回来的东西。

她把所有东西都放到厨房的桌子上，开始对小票。她以往从不查小票。价格都是对的。她都不记得上一次一下买这么多东西是什么时候的事了。她把小票铺平在桌子上，然后找地方放刚买的东西。她扔掉坏了的电吹风，把新买的放在柜子的第一格抽屉里。

她在房子里走来走去。尽管她已经吸过尘，房子里还是灰溜溜的。她把浴室的水槽又擦洗了一次，把水箱上修理工的黑色手印抹掉。报纸分好类，然后把一大摞扔到垃圾箱里。那一天第二次开窗通风。她坐在厨房里，手指敲着桌子。走进客厅，给银行打电话查存款，大吃一惊，放下话筒。

她往碗里打了三个鸡蛋，用打蛋器的最高档把它们搅在一起。然后基姆终于醒了，走到她旁边。

"你在屋里进展怎么样？"她说。

"今天干完了。这是干吗的？"

他指着碗。

"我想做点什么带鸡蛋的菜。"

"哦。"

他坐下来，从桌上的保温壶里倒出一杯咖啡。

"今天在超市买了九百多块钱的东西。"她说。

"不可能吧！"

"是真的。我还买了一个新的电吹风。"

"那也花不了九百啊。"

"是，但是我还买了猪排，可以冷冻起来，还有一堆乱七八糟的。我们要吃饭啊。"

她关上了打蛋器，放低声音说：

"而且你知道吗，伊斯特开始穿我的靴子了！"

"也没什么大不了的。"

"希望没什么。她的脚比我大。"

"哦。"

"所以她很有可能会把我的靴子撑大。"

她找出一个平底锅，放到灶台上。开火。加油。油热了加蛋。

"我们现在是三个人，需要买很多菜。"

"来客人不就是这样。"

"嗯，当然了。也没什么问题。"

"昨天的报纸哪里去了？"基姆问，这时走廊的门开了，是伊斯特。她的头发新染了两种颜色，手里提着一袋衣服，她把它们都拿出来放到餐桌上。是三件外搭衫和一件衬衣。

"这些衣服适合给孩子喂奶。"她说。

"我的天。"苏珊娜说，刀子划过鸡蛋饼。

伊斯特拿起衬衣比了比。

"适合我吗？你今天干什么了？"

"我去了超市，花了九百多。"

"我的亲奶奶，你都买什么了呀？"

"吃的。"

"什么吃的？"

"猪排。"

"不错，我可以做酱猪排。你有没有洋葱和番茄汁？"

"记不得了。"

"唉，那糟了。哦！我还给你买了样东西。"伊斯特说着回头去够地上的包：

"我得承认一个错误。"

是一台电吹风，跟烧坏的那个差不多。

"我昨天不小心把风筒搞坏了。"

"是吗？我怎么没发现。"

她迅速地越过伊斯特的肩膀跟基姆对视了一下。

"所以现在赔你个新的。对不起。"

"你不用再买一个的。那个本来也旧了，我自己也会用坏。谢谢啊。"

"我现在把新的放到那个抽屉里。"

"不，我来吧。"苏珊娜说着走到走廊里，拉开抽屉。她把新的吹风机放进去，然后悄悄地把那个金色的促销样品塞到卧室里的毛衣底下。她走回厨房。

"那报纸在哪儿？"基姆说。

"对了还有一件事，"伊斯特说着一屁股坐到桌子上，伸出一只脚：

"这靴子差点没要了我的命。是你那双，我不小心穿错了。"

"哦？是嘛！"苏珊娜说。

"我不知道脚是不是也要开始水肿了。你们觉得我的头发怎么样？"

"好看。"基姆说。

"基姆，我猜那报纸被我扔了，"苏珊娜说，"我刚刚扔了一趟垃圾。"

"你他妈开玩笑呢吧。"基姆站起身。

她们看着他穿过花园走到垃圾桶前面，伸出胳膊翻了一通，然后又空着手抽了回来。他回到厨房的时候，青筋都突了起来。

"妈的，你动动脑子吧。"他说着用大拇指指着苏珊娜。

"我正要用那报纸上的评论！以后我自己整理！不用你碰！"

"噢！我都给忘了！"伊斯特说着又去掏背包。她拿出一沓报纸递给基姆，正是他在找的那一份。

"真是抱歉，"伊斯特说，"我想带点东西车上看。"

"我不知道你读报纸。"苏珊娜说。

"啥意思？"伊斯特说。

"真是万幸。"基姆说。

"是那篇关于声音的评论吗？那篇写得超棒。"伊斯特说着套上一件开衫，然后继续对基姆说：

"你要用那个干吗？你天天坐在那里都写些什么？"

# 第十八章

　　苏珊娜经常用两种想象来安慰自己。一个是跟她以前认识过的一个男人过日子。那是一种不复杂的、很实际的生活。他们会花时间赖在一起，出去玩，买东西。他们会去上班，有几个小孩。幻想一次家庭聚会，盘算着给餐桌新添一个烛台，都不算什么妄想。他们会有朋友，每个周末来拜访他们。但是这个幻想总是会演变出一个糟糕的结局。她能看到自己边走边为这些触手可及的幸福而哭泣。在这种生活里，没有疑问。或者这只是个糟糕的借口，因为她已经丧失了勇气，假如她曾有过的话。她曾经说："基姆，我要离开你，因为我不知道自己爱不爱你。""把你那些陈词滥调都收收吧。"他说。于是，她留了下来。

　　在第二个幻想里，她马上就要写完基姆的讣告。她写得那么伤心，以至于她就要为自己的坚强哭出声来。她在葬礼上也可以发表一次精彩的讲话。但是把这个想象进行下去更困难，因为还要想邀请谁来参加葬礼呢？而且哪家报纸愿意登他的讣告呢？一个第一本书还没写完的作家？

　　现在，伊斯特坐在卧室的书桌旁，坐在一把厨房的椅子上面，在基姆旁边。他为她播放着音乐，给她展示照片。他在电脑里搜了一会儿，找到了些让她发笑的东西。伊斯特把新买的衬衫搭在肩膀上。

苏珊娜站在洗碗池前。她能感觉到自己的颧骨，脸上紧绷绷的。她洗了锅，清理好水槽。她的眼里含着泪，缓缓地眨了三次眼睛。她走到走廊上，拿起外套，把包搭到胳膊上。

"我出去走走。"走之前，她用哽咽的声音朝身后喊道。

"好的。"基姆喊道。

她沿着小路走到湖边，只几百米她就后悔了。空气非常冷，一片朦胧，而且她忘了戴围巾，不得不用一只手捂着领口，手套也忘了拿。但是返回去取太蠢了。她走啊走。喉咙因为冷风吹得发疼。小路上有很多狗屎。她不得不既留意着脚下，不踩上它们，又抬头看前面不远处的那对老夫妇。偶尔她也回头看看。她想到，曾经有人在这个湖里捞上来一个行李箱，里面有具尸体。当那对老夫妇离开小路，往商场走去的时候，她跟着他们。路上突然很多人。一堆小孩在过生日，两个青年盯着她看。她收了收小腹，继续朝商场走去。她在书店里逛了大约一个小时。她一直想要成为某个领域的专家，但是她不知道该选什么领域。当她想去拿一本关于圣诞节剪纸的书时，一位有名的电影制片人也伸手去够同一本。他们两个微笑了一下，然后他礼貌地抽回了手。她拿起书看了一眼，但是没办法集中精力，因为那位制片人就站在旁边。他们两个都走到收银台，买下了那本书，朝对方微笑着。"那，再见。"那位制片人对她说。他在她前面走出了书店，塑料袋里装着书，一边口袋里露出的手套就要掉出来了。

"那，再见吧。"苏珊娜说。她站在那里，看着他朝一家包店走去，半路上他的手套终于掉了出来。她想追上去，但是有一个人先她一步。然后她转过身，朝反方向的出口走去。外面一片漆黑。幸好门口就停着一辆出租车，她打开车门坐了进去。

"去杜兰？"司机从镜子里看着她。

"嗯。"然后她就被送回了家。


基姆在电脑前噼里啪啦地打着字，伊斯特站在厨房里，往一排雪白的猪排上面倒番茄汁。

"嘿，苏珊，你去哪里了？"她微笑着。苏珊娜把包放到地上，伸手去够柜子上的口香糖。

"去了一家商场。"

"哪一家？"伊斯特边碾着胡椒边说。

"你出去了这么久，我们都很担心。"

基姆从卧室里走出来，一只手松松垮垮地吊在裤子的腰带上，说：

"你去商场了？那个鬼地方？你一路走过去又走回来的？"

"嗯。没有，我打车回来的。"

"你可以打电话啊。我可以去接你的。"

"没事。"

"你干吗去了？"

"想透透气。"苏珊娜说。基姆说："那可真是个透气的好地方，简直没有哪儿比那儿更缺气了。"苏珊娜把书从包里拿出来，跟他们讲了那个电影制作人的事，他显然也有兴趣去那个鬼地方，那个商场。

"他就住在附近，在海边。"基姆说。他拿过那本圣诞的书，摇了摇头。

"他肯定是买去做实验的。你买这个干吗？"

这本书大概要三百块，而她从来没有对剪纸感过兴趣，但是她微笑起来：

"这是一门传统手艺。"

"你的脑子可不太灵光。"

但是遇见他可不算坏事。还同他讲上了话，在那样一个地方。基姆把手绕到她的脖子上，她坐下来，把腿伸出去。她可饿坏了，但伊斯特忘了把烤箱拧开，后来花了半个多小时才热起来。然后他们吃了晚饭，味道不错，但是胡椒有点多，伊斯特自己咳嗽了几次。基姆和苏珊娜在桌子底下摩擦着腿，冲着对方微笑。他们高声地称赞这顿饭好吃得不得了。

## 第十九章

"我觉得，基姆晚上打呼噜特响。"有一天伊斯特说道。

"他的确这样，"苏珊娜说，"很恐怖。"

"这很可能有危险。"伊斯特说。但是现在这件事根本无法引起苏珊娜的注意，她正全心想要找到去练瑜伽该穿的衣服。她买了几条弹力打底裤，想把短裤穿在外面，她曾经在运动频道的健身节目中看到过这种搭配。

"你确定我一直跟你去没关系？"

"当然了。但是我们一个小时之后才出发。"

"我知道。"

"我去拿一块饼干，有点缺糖了。"

"嗯，那该吃点甜的。"

直到一天前，每次听到伊斯特打开冰箱门，苏珊娜的心中都会有些怒火。她发现自己还会坐下来，听伊斯特上厕所的时候用了多少手纸。伊斯特泡茶的时候，每杯至少要加四勺糖。有一天糖袋几乎都空了。

"我们该买糖了。"伊斯特说。

"我不怎么用糖。"苏珊娜说。

"但是我们少了糖哪行啊。我把它写到购物清单上。"

那个晚上，苏珊娜做的是猪杂配面包。

"这是什么？"伊斯特说。

"圣诞节的猪杂。肉店买的。"

"呃，奶奶的。"

伊斯特用纸巾捂住嘴巴，好像她就要吐了。

"你不喜欢吗？那我去给你拿点别的。"基姆说着站起了身。他找出奶酪、黄油和法式面包，放到伊斯特面前。她背过脸去，不看那些猪杂，给自己抹了一片面包。

"你喜欢吃肝，"苏珊娜说，"猪杂里也有肝。"

"但是我不喜欢这个。"

"在我老家，别人给做什么，我们就吃什么。"

"你来的那个地方，菜根都吃。"基姆说。

可前一天，早上七点，苏珊娜走到厨房去做便当的时候，窗框上躺着六千块钱。她站定，看着那些钱。然后她悄声走进客厅。伊斯特已经醒了，她打开了灯，躺在那里看书。

"早上好，"苏珊娜悄声说，"厨房里那是你的钱吗？"

"不，是你们的。我应该为我吃的那些东西付钱。"

"但是，伊斯特，那太多了。"

"那就当是到今年年底的吧。几点了？"

"七点。"

"我们今天晚上能做饼干吗？"

"嗯，没问题。"

苏珊娜买来了糖、黄油和酵母，但是还是像往年一样，由基姆来做圣诞节饼干。伊斯特嗓子疼，苏珊娜很累。但是基姆的心情不错，他写完了今天的书，想做一点实际的事情。

"其实，我也好久没揉面了，手痒痒。"他说。他做了够分给所有邻居的饼干。做得太多，苏珊娜和伊斯特能带一罐去瑜伽房。

# 第二十章

　　十二月第二个星期天的上午，他们坐在客厅里，搓着圣诞节要用的小饼干，伊斯特突然捶了一下桌子：

　　"不行！"

　　苏珊娜一惊。基姆抬起了头。

　　"怎么了，伊斯特？"他说。

　　"不应该是我去找他。对吧？"

　　"洛夫吗？我觉得你得咽下这口气。"苏珊娜说。

　　"我出去散散步，再想一遍。"伊斯特说着站起身，穿上外套。她慢慢地走到走廊里。苏珊娜走出去，看到她一只手撑在腰间，弓腰站在那里，低声嘀咕着：

　　"一下，又一下。"

　　"什么一下？"

　　"宫缩啊，你个笨蛋。"

　　"这么疼正常吗？"

　　"也不是疼。就是一抽一抽的。"

　　"你要生了？"

　　"别瞎说了，苏珊。"

　　她微笑着慢慢起身，站稳了脚跟。

　　"我逛到街角，然后就回来。"

　　"好吧。"

"我回来的时候就知道该怎么办了。"

"好，伊斯特。"

伊斯特带上门。苏珊娜走进客厅里。

　　要是平时，她肯定在坐下来的时候就已经开口了，跟基姆说点什么。但是今天她没有。她把头埋在手里，坐了一会儿，然后站起身，向窗外望着伊斯特。伊斯特正在车道上，双腿微张，跨过一个棕色的东西。两辆车为她停了下来。她举起一只手，对着司机摆了摆，然后继续走，手放在肚子上。

　　苏珊娜能听到基姆在她身后的餐桌上搓着一颗小饼干。她没有转身，还是什么话都不说。就在前一天，她也不知道是第多少次下决心要学会保持沉默。她不想总是做那个先说话的人。

　　去年的这时，她还在医院工作。那时候他们连着好几个星期，一遍遍地吵架，为了同一件事。圣诞节要来了，她每天下班回到家里，都要在半昏暗中把窗户打开。整个十二月家里都弥漫着一股臭味。她猜想是基姆每三天就烤一回的饼干，或者是餐桌上那一罐肉桂粉。气味和卧室里的烟味混杂在一起，可能是那时他换了一个牌子的烟。不管怎么说，那都是一股很难闻的味道。

　　一开始通风，基姆就会在屋子里骂骂咧咧的，骂得很难听，因为他觉得很冷。她就不得不再把窗户关上，尽管味道还在。就这样过了几个星期。十二月十七号那天，她冲着他喊回去，说可能他这么怕冷是因为一整天没挪屁股，坐在那里苦思冥想，但是屋里恶臭，她没法忍受。

她记得那天是十七号，因为那天晚上她不得不一个人去参加托本的生日聚会。而且，她知道她用的是苦思冥想这个词，因为他从桌前站起身走到她面前，凑近她的脸，重复这个词。声音低沉，冰冷。

她有点怕了。

"对，苦思冥想。"她接着说，尝试着让这个词听起来正常一些。

"你脑子里空无一物。"他说。

她知道，他想这个词可花了一番力气。他说得很慢，一字一句。

"你脑子里什么都没有。肤浅。"

"我只是想通通风。因为家里一股味儿。"

他缓慢地点着头，面无表情，说道：

"你把这个地方的灵气都放走了。"

"灵气？"她说。

他又点了点头，然后转过身，穿上衣服，走了。他离开之后，她的心里堆积了那么多怒气。她拿起一张纸，写下"我把这个地方的灵气都放走了"，字迹潦草，后面加上感叹号，下划线："因为我去上班，去挣钱，""这样我们可以有点吃的（你喜欢有饭吃，不是吗？）"，"是我把灵气放跑了。每次回家我都得蹑手蹑脚地，为了不打扰大作家"。她让字都飞起来，"因为我尝试着同外面的世界有一点点联系"，她把点字下面改成四颗愤怒的心，然后把字条用胶带黏到卧室的门上。

几个小时之后，当她从托本的生日会上回来，字条已经不见了。到了圣诞夜，他们坐在沙发上把五个礼物打开的时候，真相大白。那股烦了她整个十二月的味道，是从一瓶没盖紧的香水瓶里发出来的。香水有酒瓶子那么大。基姆在十一月打折的时候就已经买了，一直藏在书架上的书后面。

她的新年计划是为这间公寓多添一点灵气。说实话，她不知道该怎么达成这个目标。但是她知道，他喜欢她的沉默。她会思考，而不是乱说话。她经常提醒自己要保持下去，而这常常会起一阵子作用。

伊斯特走在回来的人行道上，手里拿着一根树枝，基姆站起身，揽住苏珊娜的肩膀。伊斯特从窗户里看到了他们，挥舞着手中的树枝，他们也朝她挥挥手。

“我们该怎么办？”基姆说。

“我不知道。”

门厅里，伊斯特带上了门。她穿着外套，穿过客厅，把树枝插在两个沙发靠垫中间，坐了下来。她叹了口气。他们站在那里，看着她把靴子脱下来，活动着脚趾。她穿着一种运动网袜。她的身体水肿得厉害。她说，要是洛夫不在第三个周日前联系她的话，她就破罐子破摔，直接搬到她妈家去。

“要是我搬过去的话，她肯定很高兴。”伊斯特说。

“这个主意可能不错。”苏珊娜说。她点了点头，然后继续说：

“尽管，要是你搬出去的话，我们会有些难过。”

然后她做了一个伤心的鬼脸，噘着嘴巴，歪着头，用食指代替着脸颊上的一滴眼泪。基姆看着她，然后她把手指拿下来，站直了身子。

基姆走过去，从沙发上拿起树枝，用它轻轻地拍打伊斯特的肩膀。

"但是你也不能一直住在这儿，你个大胖妞。"他微笑着说。

"基姆。你，我很喜欢。"伊斯特说着抓住了树枝的另一头。

他们吃过了晚饭，饭后得干点什么。基姆建议开车出去遛一圈。

"星期日的小旅行。"他说。伊斯特把双手放在肚子上，拖长了声音：

"好呀，我们能开车去海边吗？开到海边去？"

"行。那我们就开到海边。"基姆说。伊斯特很快穿好了外套，站在门口等了一会儿，因为基姆要上个厕所，还得关掉电脑。而且他们忘了客厅里还点着圣诞节的蜡烛。苏珊娜用沾了唾沫的手指掐灭了烛心。基姆找了一会儿车钥匙，最后发现在面包盒上面。

他们往停车的地方走。

基姆说，伊斯特挺着大肚子，无论如何都不可能挤进后座。他说的没错。当然她应该坐在前面，好给她肿胀的双脚和气球一样的肚子留足地方。苏珊娜把身子拱起来，爬到后面，车子是三开门式的，一点都不容易。

"我坐好了。"苏珊娜说。然后前座被砰的一声推到后面，伊斯特坐到前座上。基姆为她关上门，然后坐进来。

"我就这样拿着安全带吧。"伊斯特说。她两只手抓着安全带，因为根本没办法扣上，要是扣上的话会特别疼，她说。

车开了。

苏珊娜听不清前面的对话。开始的时候她还在尝试，把头伸到座位中间：

"什么？你们说什么？"每次他们说话的时候她都要问一遍。

但是他们没听到她的这些问题。她倚到座位上。后窗上都是水雾。

# 第二十一章

第三种能够安慰苏珊娜的想象，是如果她一个人住的话，房间应该如何布置。她会粉刷一下墙壁，并且找来一张新餐桌。要有一些带蓝色条纹的白色杯子，但是她一旦看到这些杯子，就会开始想象一个周六的清晨，她一个人坐在餐桌前，想让自己清醒起来，为这一天做好安排。直到这种宁静和无数的可能性耗得她疲惫不堪。

也许她想要被约束，否则的话，她不知道会怎样。

有一次，一个傻子在广播里建议说，大家应该凡事都列一个关于优点和缺点的单子。她周末一个人在家，乱七八糟的东西在身边越堆越多。她花了很长时间去寻找像样的圆珠笔和纸张。她在自己的包里找到了圆珠笔，在基姆的抽屉里找纸。她找到了各种各样的东西，就是没找到合适的纸。这番寻找浪费了周日上午的大部分时间。当她终于坐在桌前，摆好纸的时候，写下的词汇却看起来荒唐可笑，而且并不全面。他不仅仅是"很难缠"，或者看起来"总是很郁闷"，或者就是"一坨屎"，他同时也是这些描述的反面，或者正面与反面之间的东西。基姆跟她是两种完全不一样的人，但又是与她一样的人。

在她正在斟酌推敲的时候，电话响了。是基姆打来的，他心情非常不好。她问他，既然生气的话，为什么还要打电话。他说，他没生气，但现在他生气了。他本来心情非常好，但现在他听出来她生气了，倒是想要挂电话。

他挂了电话。

她拿起纸，在缺点的一栏写上，"破坏了我的生活"。

然后他又打回来道歉，这种事很少有。她两手捂紧电话听筒。她的声音变得温柔。然后他们互道再见。她把纸反过来，写上"在一段没有快乐的关系中，好的对话会带来双倍的快乐"。她很快把纸揉成一团，因为这些并不是她的真实想法。

问题是，在独处了一段时间后，她总是感觉缺少些什么。蓝条纹的杯子还有电话并不能把时间填满。那么和谁通话呢？她很清楚地知道，总有一天，她会厌恶平静的时光。她需要一个健谈的男人，或者更多。一个必须以某种方式，能做成功一些事情的男人。问题是，她没有精力再找另外一个人。即使她有这个精力，过了一阵子，她又会坐在那里，喝着早上的咖啡构思讣告。这只是时间问题。

如果是那样的话，也不会有什么新的发展。

唯一新的事情就是伊斯特的存在，使得一切事情变得非常糟糕，但又比过去的很长时间稍好一点。

他们开车到达了北部的小港口，基姆把车停在码头，然后为伊斯特开门。伊斯特走出去以后，苏珊娜花了很大的工夫才把前面的座位推开。基姆锁上车，搂住伊斯特。他们走向码头，到了靠海的一边。苏珊娜在他们后边，风吹进她的眼睛。她跟不上他们。外衣紧紧包着她的脖子，喉咙好像被卡住了一样。

基姆和伊斯特站在那里，向大海望去。苏珊娜能在后边看到他们的头，他们在时不时地交谈。她张大嘴巴，大口地吸气和呼气，来使自己放松。旁边飘来一股烟味，她转身看到一个男人站在船篷里，抬着头抽烟。她朝他点头微笑，而这个问候式的微笑在她脸上停着，让她有了勇气走向另两个人。

　　往回走去找车的路上，她挽着伊斯特的手臂。她让自己的声音变得清朗起来，知道基姆喜欢这种声音。她逐字逐词地准确地说话，讲着关于大海的话题，还有人是多么需要常来海边走着。"对啊，见鬼。"伊斯特说。在这时苏珊娜的感觉已经好了很多。但是回到车里，又是她被卡在后座，根本没可能参与前面两人的对话。

# 第二十二章

周一早晨，伊斯特的手腕摔断了，一片混乱。当时已经快九点，苏珊娜正要去上班。她站在那里穿外套，突然浴室里传来砰的一声，紧接着就是伊斯特的尖叫。

"伊斯特。"苏珊娜喊着，拽着锁上的门，基姆穿着内裤从卧室里冲出来，用肩膀顶着门，直到把手开始有些松了。伊斯特在里面哀号。

门把手掉了下来，基姆喘着粗气。伊斯特躺在马桶前面，赤条条的，姿势很奇怪，一只手紧抓着另一只，放在胸前。地板上都是水。

"是孩子吗？是孩子吗？"基姆喊着，伊斯特嘶声说着："不是啊！操你妈的，不是啊！"

"你没看到她摔倒了吗？"苏珊娜说。

"是孩子吗？"基姆还在喊着，苏珊娜让他闭嘴："闭嘴吧！你看得出来她是摔倒了。"

她从后面够来一条毛巾，搭到伊斯特的肚子上，基姆靠前来，面色苍白：

"羊水破了吗？你撞到肚子了吗？"

"闭嘴！"伊斯特说。

"帮我扶她起来。"苏珊娜说。最后终于成功了，伴着疼痛和折腾，又拉又扯，伊斯特被拽进了客厅，躺到了沙发上。她的一只手放在胸前，看起来很奇怪。

"骨折了。"伊斯特说着开始哭。

"是的。"苏珊娜说，因为一看就毫无疑问。手以一种错误的角度搭在胳膊上。

"也不完全确定吧，"基姆说，"可能是脱臼了。"

苏珊娜转过身看着他，一只眉毛挑起来：

"进屋把我的晨衣拿来，伊斯特得把它穿上。"他赶紧去找。苏珊娜把一只手放在伊斯特的肩膀上，眼里噙着泪。

"现在我没法生孩子了。"伊斯特哭着说。

"为什么不能？你又不是用胳膊生！"苏珊娜说着开始往伊斯特身上套晨衣，基姆就站在那里，头发乱成一团，还是一副睡过了头的样子，站在屋子中央：

"我该干什么？"他说。

"你觉得你能走到车里吗？"苏珊娜对伊斯特说，她还在哭：

"不，不，我没法把胳膊套进去，我没法穿衣服。我不想去医院，我不想见到洛夫。"

"打电话叫救护车，"苏珊娜对基姆说，"她必须得躺在担架上。"

"现在就打吗？我该说什么？"

"还是我自己来吧。"

她打了电话，身后变得安静下来。伊斯特不再哭了。她坐在那里，盯着左边地上的一个点，手还压着胸。她把晨衣穿了一半。

"他们马上来。"苏珊娜放下听筒说。

"伊斯特的头发怎么办？"基姆说。

"头发怎么了？"

"很湿。我们不能给它们吹干吗？"

苏珊娜一脸困惑，看着手表。

"我不知道，基姆。"

离伊斯特摔倒只过了六分钟。救护车应该十分钟之内就会到。苏珊娜可以跟到医院去，然后坐出租车。她应该去一个两居室的公寓打扫卫生，那里总是很干净。住在那儿的是一对国家授权的会计师。她在报纸上的文章里读到过他们的平均收入，不明白他们为什么会住在那个小公寓里。沙发旁边的东西看起来基本没用过。或许他们经常出去旅行。要是她中午不吃饭的话，能赶上这家和下午的那家。但从另一个角度讲，她又不能让伊斯特一个人待在医院。

基姆已经把吹风机的电源插在沙发旁，打开了风筒，开始风干她的头发，伊斯特还是盯着地上的那个点。苏珊娜转身朝着窗户，但是突然伊斯特的叫声透过噪音传出来：

"妈的，停！"

苏珊娜又转过身。

"你在干吗？别烦她了。"

"他烫到我了。"

"停下来吧，基姆。"

她走出去拿外套，外套躺在门厅的地上。她把伊斯特的大衣也拿上，然后去卧室拿了电话册。当她再次回到客厅的时候，救护车已经停在了门口。


救护车里，她坐在担架旁边的座位上，对着伊斯特微笑。救护员坐在旁边。伊斯特也边微笑边发着牢骚。

"唉，真糟心，小妈妈。"救护员说。

"但是孩子还在到处乱踢呢。"伊斯特说着稍稍抬起了头，朝肚子看了一眼。

"可不，他们生命力强着呢，"救护员说，"我们曾经救过一个，从房顶上掉下来的。"

"真的？"

"没啥大事。孩子现在也应该三岁了。"

"嗯，而且我不是肚子先着地的。"伊斯特说。"我就是手先落地的。"

"嗯，能看出来。"救护员说。

急诊室里有很多人。伊斯特分到一张病床，一位医生立刻赶来。接下来她要等着做 X 光检查。她们被告知要等那么一会儿。病床被推进了一间小的隔离室。

"你可以去上班了。"伊斯特用微弱的声音说。

"不了，我留下来陪你。我打电话请个假。"

"真的可以吗？你真是太好了！"

"我现在出去打电话，行吗？"

"当然可以。"

她穿过等候室，来到了用玻璃隔起来的投币电话前。她直接就联系上了那个单身汉。本来应该是下午去他家打扫。他是个记者，家里特别乱。她总是觉得自己在他那里打扫卫生的时候，就好像为他制造不在场证明。他们约好她周五再去打扫。

会计师办公室的电话占线，她连打了三次，然后就把电话本放到包里，在玻璃间里走来走去。她观察那些在等候室里的人，那些受伤的和陪着他们来的人。他们看起来好像都觉得自己该优先检查。一位腿吊在那里的老妇人。

一位母亲用抹布死死压着儿子的后脑勺。一位穿着工作服的男人，指甲上都是干了的血迹。还有一对中年夫妇在打牌，女人咳嗽得很厉害，他们看起来就像在家一样。

她又打了一次电话，这次接通了。他们约好她下个星期去打扫就行。


伊斯特的手腕上是常见的双骨折。她接受了局部麻醉，然后大夫把她的手复位。麻药的效果不错，伊斯特一声没吭。手和前胳膊上都打了石膏。整个流程花了一个小时。但是她一直在抱怨宫缩得频繁，所以为了保险，她被送到妇产科急诊室做 B 超。

那里需要等一会儿。伊斯特躺在那里打瞌睡，苏珊娜就走出去透透气，顺便买一些糖。去杂货店的时候，她看到一个类似洛夫的背影站在收银台前。他拉着一个胖胖的女人。她赶紧走出来，跑到下个街角，贴着墙等着。真的是洛夫，两人分开之前，他就在杂货店门口亲那个胖女人，连舌头都用上了。


一切正常，宫缩只是临产的表现。苏珊娜回来的时候，伊斯特站在门口，脸上带着大大的微笑，正在同一位护士聊天。

"苏珊，我要了点吃的。那有炸猪肉。"她接着对护士说，"苏珊以前在 A3 的厨房。"

"我就觉得以前见过你们。"护士说。但是苏珊从来没见过她，所以她说的应该不是真的。

伊斯特的饭来了，苏珊娜也被问要不要吃一点。她谢绝了。伊斯特胃口很好，大口吃着那些炸猪肉，苏珊娜都给她切成了小块。她用一只手捣碎了土豆。

他们给基姆打电话，伊斯特走到外面停车场去，一只手吊着，另一只扶着苏珊娜。她把外套搭在肩上，晨衣穿在里面。

"谢谢你帮我。"她对苏珊娜说。

"不用谢。"

"可能是洛夫烤的那些猪肉。嗨，基姆。"

"谁知道呢。"苏珊娜说。


他们无论如何也不能让她睡沙发了，不够宽，她睡觉的时候得把右胳膊放在两个大枕头上。所以一到家他们就一起把双人床腾出来，还给她弄了个小桌子，上面放着她的饮料和看的东西。倒不是因为她感觉不好，而是因为她很累，想躺下来。

基姆在铺床单的时候，伊斯特一直站在床尾，歪着嘴："把你们赶出去了，真是对不起。"

"别瞎想了。"

"你工作的时候我一定会保持安静的。"

"没事。"


晚上，苏珊娜躺在沙发上，基姆铺了个垫子，躺在地上。两个人都睡不着。他们不停地翻身。她睁着眼睛，看着他，直到他的五官突然扭曲起来。她打了个寒战，出了声。

"怎么了？"他说。

"没事。"

他朝她伸出胳膊，她抓住了他的手。手是温热的。她把自己的手握在他的手里。

　　"我们圣诞节干什么呢？"她说。

　　"不用现在就讨论吧？"他说。

　　"今天都七号了。波什么时候回来？"

　　"我想睡觉了。新年吧。"

　　"我今年想干点特别的。"

　　"那你去托本和简家。"

　　她放开他的手：

　　"你怎么这么坏。"

　　"我就是这样呀。"

　　他又转过身，浑身疼：

　　"噢，妈的，怎么这么疼。"

　　又过了一个多小时她才睡着。客厅里可以听到邻居家的钟在响。那座钟每次半点和整点都会响。她集中精神，听着是不是到一刻钟的时候也有那种嘀嘀嗒嗒的声音，但是没有。她最后一次听到的钟声，是凌晨两点半。

## 第二十三章

早晨洛夫打电话来。

苏珊娜站在餐桌旁穿衣服，基姆还在睡觉。他听到电话铃突然猛一吸气，惊坐了起来。她在铃再次响起前拿起了话筒。

"你好，我是苏珊娜。"

"你好，我是洛夫。是关于伊斯特的事。"

他的声音出乎意料地温柔。苏珊娜根本没印象他是这样讲话的。可能她从来没真正听他说过什么。

"哦，嗨。"

她背对着基姆。外面天还很黑。

"有人告诉我伊斯特的胳膊骨折了。"

"对，昨天。她在浴室里摔倒了。"

"她住在你那，对吧？"

"嗯，是在我们这。"

"她好不好？"

"还行。或者说，过得挺难的。"

"嗯。"

"你们应该谈谈。"

"她不想跟我谈。"

"想，我觉得她想。我要不要喊她？"

"别，还是别了。"

"可我进屋就能把她喊出来。"

"不用了，我就是问问她怎么样。"

"哦，那她可以打给你吗？给家里打？"

"别了，我在上班。但是帮我问候她。"

"你不能今晚再打过来吗？"

"跟她说，她可以给我打电话。"

"我会转告她的。"

"好，那拜拜了。"

"拜拜。"

她转过身朝着基姆。

"是洛夫。"

"我知道。这个点打电话很奇怪。"

"我猜他是刚知道。他在上班。"

"他为什么不要跟她说话？"

"不知道。可能这些游戏就是这种玩法。我去弄点咖啡。你睡吧。"

"我现在睡不着。"

"苏珊？"伊斯特在卧室里喊她。苏珊娜把袜子穿上，走到屋里。她躺在那，就像她们道晚安时一样，仰卧着，打了石膏的胳膊朝着天，放在两个枕头上面，看起来像一个花瓶。伊斯特把脸别过胳膊，好像她不想认识它一样。

"早上好啊，来电话了？"伊斯特说。

"对。"

"是洛夫吗？"

"是。"

"他听说我胳膊的事了？"

"嗯，听说了。"

"但是他不想同我讲话。他只是打听一下。"

"他在上班。"

"他说我今晚可以打回去。"

"是的。"

"那他还是别想了。你能扶我起来吗？"

"你为什么不躺着？"

"跟我去厕所你就知道了。"

"我觉得你应该给他打电话。"

"去他妈的，就不打。早上好，基姆。"

"早上好，感觉怎么样？"

"我要是一匹马的话，早就被拉出去毙了。"

"我可不会毙你。"苏珊娜说。

"你会。"基姆说着溜到伊斯特前面，进了浴室锁上门，伊斯特喘着气，靠着门框大骂：

"我要宰了你，基姆。"

"用什么宰？"里面的声音说道。

"哈，哈，"伊斯特问苏珊娜：

"你不要去上班吗？"


苏珊娜得去上班。

她骑着自行车。

风刮过她。

一整天她都觉得脸紧绷绷的。这种感觉来了又走，等到了傍晚的时候愈发厉害起来。她下了班打开家里的门。所有的一切都黑漆漆的，只有卧室里有光。基姆坐在电脑旁打字。伊斯特躺在他旁边，在双人床上睡觉。她的五官在台灯的灯光下看起来很清秀，温柔。眼皮很平滑，呼吸均匀。

她站在门口。基姆转过身来对着她，微笑着把手指放在嘴上，示意她不要说话。他笑得很小心，好像这样都会把伊斯特吵醒。

她没有笑，冲他点了点头。她走来走去，打开灯，在门厅的镜子里看着自己。脸颊还是平常的样子，但是她感到很憔悴，想要哭。当她把洗碗机打开的时候，眼泪落下来，砸到盘子里。


伊斯特在下午五点一刻的时候醒来。苏珊娜能听到他们在里面的声音。听起来好像伊斯特在被子下面说话。基姆在咯咯地笑，然后是床吱呀吱呀的声音，之后是地板，伊斯特穿过走廊，朝浴室走去，半路停了下来：

"嗨，苏珊。"

"嗨，伊斯特。"

她在打土豆皮。土豆上有很多黑点。她在什么地方读到过，这叫"机器损伤"。应该是指那些起土豆的机器。

"有什么不对劲吗？"

她能感觉到伊斯特在盯着她的后背。她把一只土豆举过头顶，看都没看，然后用生硬的声音说：

"烂土豆。"

"烂掉了吗？"

"没有，上面都是棕色的斑。"

"呀，只要不是绿的就行。"

伊斯特去上厕所，半个小时以后，他们坐下来吃晚饭的时候，伊斯特叉起一块土豆，仔细打量着。

111

"看起来挺好的呀，没什么毛病。"

她把土豆又放到盘子里，用手把它弄碎，然后开吃之前看着苏珊娜说：

"但你看起来可不怎么样。你哭过了？迷茫得像个气球。"

"我只是累了。"

"我能把你的比喻再用一次吗？"基姆说。

晚上他们一起看电视。伊斯特再一次拒绝给洛夫打电话。她坐在那白色的扶手椅里，把打着石膏的胳膊放在肚子上。基姆和苏珊娜各躺在沙发的一头。没人说话。八点半的时候电话响了。苏珊娜站起身。她还没拿起话筒，伊斯特就把手指摆在喉咙前面，摇着头。

是托本。他下周五要过生日，想请他们去喝热酒。简要去上班，但是他们可以尽管来。他听起来好像并不是真心的。我们很乐意去，苏珊娜说。她也不是真心的，至少她不知道我们是不是很乐意。

## 第二十四章

　　她想花一些钱，离开家，直到她被想念。很多年以前，她也这么想过。那时基姆的日程总是排得很满。日历上都是标记和备注。她每次一有机会就会打开看。她还看了他旧行李箱里存着的信。读得很痛苦。他并没有结识过很多女人，但是她们写起信来都天花乱坠。他们好像很相爱。那件行李里还有些她不该看的东西。他曾经尝试着申请加入艺术协会，但是被拒绝了。他从没提起过，所以她不得不时常提醒自己对此一无所知。她不知道那个时候他干的是什么艺术。

　　曾经有一阵子他总是若即若离。他说，不能因为他们搬到一起就约束对方。当然不能，她说。她觉得自己遵守了这个约定。她给自己也买了本日历，把日常的琐事和跟文化相关的计划都写在上面。有一段时间她去拜访了很多学生时代的朋友，纯粹是为了给自己多找些事情，她都不知道自己去拜访人家该说些什么。

　　但是她还是赶不上他忙。她意识到自己总是先到家的那个。她害怕他会觉得自己根本没出门。

　　就是那时，她开始在城里乱转。她在城里买饭和咖啡，所以多出了一笔开销。然而，她回来的时候他还是不在家。有两次她就再出门。一次她去了电影院，另一次坐火车，直到她看到一帮年轻人手里拿着一把刀乱晃。她跳下车给家里打电话，幸运的是他已经到家了。她说有些年轻人吓唬她。他交替着又愤怒又安慰她。他说，要是她现在回家的话可以去车站接她，她乐不乐意。

她说不出他是什么时候开始不出门的。可能是从他开始写书的时候。他谈起"工作的安宁"和"强迫自己改变"。慢慢地那也变成几年前的事情了。现在他们的生活在很大程度上像她曾经在内心深处期望的那样。他们大部分时间都坐在家里。今年他根本没买日历。

周三的时候她把换洗的衣服带到工作的地方去。她把发胶和牙膏也带上。打扫完了那个共产主义者的家，她换好衣服，好好打理一下自己。她砰的一声关上门，走下楼找到自己的自行车。她推着自行车穿过城市，把车停在一个电话亭旁。她走过去给家里打了个电话，说她需要去干好多事情，还有一个她想看的展览，而且"马上就是圣诞节了"。基姆听起来很惊讶，但是声音很愉快。她没提起晚饭的事，也没说自己会多晚回家。

展览很快就逛完了。她买了一本纪念册，以防基姆问起什么。然后她去购物中心的天台上喝了些圣诞节的热红酒，吃了两块小蛋糕。她没买圣诞礼物。也没有很多礼物要送。实际上只有基姆，或许还有伊斯特。一个小东西就行。他们与托本和简不会交换圣诞礼物，但是她买了一件内衣，要是下个周五真会去的话，就给托本做生日礼物。

她又喝了一杯热红酒，走下楼，回到街上。开始下雪了。鹅毛般的雪花落在她的脸上，某个地方传来了音乐。

她在广场上买了一束风信子，一路上都能嗅到花的味道。所有的路上都点着灯。她觉得好像不管朝哪边看，都有光，都有一个人在冲着她微笑。她在一个小摊前停下来，又买了些红酒，站着喝。继续走下去，自己微笑着。

她走啊走，听到了钟声，想着一切都会变得不一样，至少在一段时间里不一样。她看着商店的橱窗，没什么心愿，雪还在不停地下。靴子在雪天里不是很耐穿，但是它们不再磨脚了。

最后她已经逛到了城外。她感觉自己还可以走很久。但是她还是拐进了一个路口，走上了通往瑜伽教室的楼梯。她没多想为什么。她只是觉得自己既然到这附近来了，应该去问个好。

## 第二十五章

　　她在门外听了一下，里面很安静。但是更衣室里都是湿外套和包，所以大家应该已经来了。可能他们正在做放松练习。

　　她看了看自己的表。时间比她想象得晚。她转过身，透过走廊尽头的窗户望出去。黑色的天空还在下雪。海边的一栋楼顶立着棵圣诞树，闪着光。她感觉自己什么都不怕，想再喝点东西。身后嘎吱一声，等她转过身的时候，丹尼斯从教室里走出来。他微笑着走向她。

　　"你好呀。"他说。

　　"你好。伊斯特把胳膊摔断了。"

　　"嗯，她说了。"

　　"你跟她聊过了？"

　　"她快到七点的时候给我打过电话。"

　　"哦！那好吧，我不知道她已经跟你说了。"

　　"嗯。你来上课吗？"

　　他用大拇指向后指着教室。

　　"你们不是要下课了吗？"苏珊娜说。

　　"是，没错。"

　　"我就只是来说一下关于伊斯特的事。我不再来上课了。"

"今天也是最后一节课。但是我新年之后新开一个班，你可以来。"

"是吗？"

"对。"

他点了点头，看着自己的手表。

"要是你愿意等的话，我可以一会儿给你找下资料。"

"呃，可以呀。"

"那好。"

他又对她笑了一下，走回教室里。她站在走廊的尽头，再次朝窗外望去。教室里开始传出翻箱倒柜的声音，有人在地上拖着什么。大家都喊着"拜拜""明年见"！女孩儿们一个一个走出来，挺着大肚子，气喘吁吁的。没人注意到她。最后一个人走到更衣室里，门被关上了。她走进教室去找丹尼斯，他正站在那里翻着包。

"呀，我这没有了。"他说着，没有看她，"但是下面的办公室里还有一沓。"

"好。"

"那我先关灯锁门。"

他在里面收拾东西，她在外面的走廊里徘徊。然后他走出来，看着她微笑，伸出手指着楼梯。

"下楼就到了。伊斯特真倒霉。"

"她还好。"

"她挺可怜的。"

"嗯，是呀。"

他们的脚步声回响在楼道里。他没有打开办公室的灯，而是在黑暗中直接把胳膊伸到书架里，拿出一个文件夹给她。她站在门口。

"我们新年一过就开课。"他说。

"嗯。"

"你现在要做什么？"他说。

"呃，现在？"

"你愿不愿意一起出去吃点东西？"

"呃，我是还没吃饭。"

她能看到他在黑暗中点了点头。

"我给你的资料是对的吧？"他说着靠近她，在她的脸颊上亲了一下。她抬起头，他开始亲吻她的嘴唇。他把她直接拉进办公室里，按在金属书架上。她一动书架就发出吱嘎吱嘎的声音。那是一个绵长的、充满节奏的吻。她有些喘不过来气。这个吻结束了，他抱着她的脖子，直看进她的眼睛里，她已经习惯了黑暗。他低声说：

"我第一次看到你的时候就知道。"

然后他又一次亲吻下来，时间更长，她没法不去想他刚刚的话。然后他停下来，说了一遍同样的话，还说：

"这样的事从来没在我的身上发生过。"

她不说话，盯着地面。

"你害怕了吗？别怕。"他搂着她。他的拥抱太柔软了，她站在那里想。她习惯于硬气一些的拥抱，更习惯那样的。但是他突然变得很强壮，直接把她抱起来，开始再次亲吻她，她几乎什么都不去想。可就在她脑子几乎空白的时候，他突然把她放下来，让她站稳了，笑着说：

"我们出去吃点东西吧。"

"不，不，"她又抓住他，"我们就待在这里，待在这里吧。"

"我们有大把的时间呢，"他说，"想要多久就有多久。"

然而那正是他们没有的东西。走到走廊的时候，她就发现他的腿有些弯，刚刚喝的那些红酒也不再起作用了。他停下脚步，疯狂地亲吻她，她再一次被亲得喘不过气来。他们就交替着亲吻对方，一直到了饭店。当他们把外套挂起来的时候，他长时间地亲吻着她的脖颈；他们坐下来的时候，他抓住她的手，亲着她的小指。最后她差点就相信了，相信他们会有大把的时间，所有他们想要的时间。然后他打开菜单，看了看，抬起头看着她，声音很有力：

　　"我们分一道烧烤怎么样？"他问。

　　她想回家了。但是直到一个半小时以后，这句话才说出口。

　　当她说这句话的时候，心里觉得自己好像在做什么不正当的事。因为他们已经走到了出租车前，他已经招手停下了一辆车，正要为她开门。

　　"我还是回自己家吧。"她说。

　　"你回家了？"

　　"嗯。谢谢你今晚的陪伴。"

　　"呃，你要做点什么？"

　　"有很多事情我没告诉你。我非常的困惑。跟你没关系。"

　　她自己开了车门，没再跟他说什么。他还站在人行道上微笑，好像以为她在开玩笑。但是当出租车终于开了的时候，她看出他才明白这是认真的。他在雪中有些颤抖，她想着她再也不要见他了，而且她根本没错过什么。尽管感觉好像错过了一些东西。

# 第二十六章

"你们不打算要小孩吗？"有一天晚上伊斯特问。

"我不该要孩子。"基姆说。

"该，你应该要。"苏珊娜说。电话铃响了，她从餐桌前站起身。是超市经理的老婆，她打电话来说他们不想在一月份出去旅行的时候把房子租出去，因为还得好好打扫一番，他们实在没这个精力。

"但是你们要是需要其他帮助的话，尽管告诉我们。"她说。

"谢谢，"苏珊娜说。她走回厨房，那里一片寂静。她站到门口的时候，还是没有人说话。伊斯特喝着汤，基姆在慢慢嚼着什么，听起来很硬，她不知道那会是什么。

"你们什么时候跟她说的这件事？"苏珊娜没有坐下来，基姆用手捂着嘴巴，吐出一个东西，然后把手举在桌前，清了清嗓子。

"前天，在洗衣房。"

"基姆是好心。"伊斯特说。

他耸了耸肩，继续喝汤。

"你为什么不坐下？"他嘴里含着饭，对苏珊娜说。

"你或许应该先跟我商量一下。"她说。

"我也是灵光一现，是一种新的可能性嘛。"

"伊斯特要带着一个婴儿住在楼上？你的东西都怎么办，伊斯特？"

"什么东西？我没有很多东西。"

"你不应该马上出去采购了吗？婴儿车呢？你觉得孩子应该睡在哪里？"

"我什么都有，都在洛夫家里。"伊斯特说着哭了起来，她推开汤碗，把脸埋在那只没打石膏的手里。基姆愤怒地看着苏珊娜，他探过身子，拍着伊斯特的肩膀。

"想想你昨天自己说的。"他对她说。

"什么？"伊斯特哭道。

"关于爱情的那些话，我写下来的那些。"

"我不是认真的。我不会是个好妈妈。"

"你会变成一个超级棒的妈妈。苏珊娜，你能不能把卫生纸拿过来？"

"我不是有意让你难过的，"苏珊娜说，"但是你必须做点什么了。"

"那你觉得我为什么去问那个公寓的事？"基姆说。

伊斯特上床以后，他们坐在电视前面。苏珊娜没法集中精神。她坐在那里，一直想自己该如何开口。最后她转过身，对着基姆，说出了脑子里冒出的第一句话：

"你洗衣服的时候，连伊斯特的一起洗吗？"

"我就洗那个脏衣服筐里的东西。"

"所以你不洗伊斯特的衣服。"

"我不知道。我今天替她带了一袋。"

"所以你洗她的衣服。感觉好像你们俩之间背着我有点什么。"

他摇了摇头：

"苏珊娜，她怀孕那么久了，还摔断了胳膊。"

"还有那个租房子的事。你能想象伊斯特带着孩子住在那里吗？那样的话我跟你保证，你得洗更多衣服。"

"比起住在这里，我更愿意她住到楼上去。"

"你为什么说你不该要孩子？"

"因为我不该啊。"

"我可以把话放在这，你会有个孩子。"她说道。这时卧室里传来响声，门打开了，出现了一件长长的白色睡裙。她的头发披散着，像一个长大了的露西亚小姐①，但是她的声音很轻：

"你们聊什么呢？"她说。

"没什么。"苏珊娜说。

"你睡不着吗？"基姆说。

伊斯特摇了摇头。

"你们在聊我吗？"她说。

"可以这么说。"苏珊娜说。

"聊我什么？"

"伊斯特，我们可以明天再说这个事，"基姆说，"进屋去吧。你看起来很累。"

"嗯，我非常累，苏珊，你能陪我进来吗？"

苏珊娜点了点头，从沙发上站起身。她把手放在伊斯特的肩膀上，直到她们站在卧室里，伊斯特坐到床上。她慢慢地摇晃着，好像慢动作一样，抬起腿，躺下，把手放

---

① 露西亚节起源于瑞典，用以庆祝白昼时间开始延长，夜晚时间开始缩短。这一天将会有戴着蜡烛花冠的女孩儿被选为露西亚小姐，象征着光明与温暖，带领庆祝队伍前进。

到枕头上，小心地侧过上半身。

"我几乎已经没什么舒服的躺法了。"她低声说。

"没，但是一切都会结束的。"

苏珊娜也低声说。伊斯特点了点头。

"你能握一会儿我的手吗？我很害怕。"

"你怕什么？"

伊斯特的手很暖。跟她身体里现在的水分比，她的手感觉很细。

"我害怕一个人待着。我根本不像你们想象的那么坚强。"

"不，你很坚强。"

"但，感觉不是。我也不知道我爱没爱过洛夫。"

"要不然的话你不会想跟他要一个孩子。"

"可能我只是想跟随便一个人要个孩子。"

"我觉得不是。"

"可能不是吧。"

伊斯特吸了下鼻子，点了点下巴。

"用不了多久，我就再也不是一个人了。"

"你很幸运。"

"对。但是我很害怕生孩子。"

"会过去的。你的身材很棒。"

"是吗？你明年想跟我去练瑜伽吗？"

"我们可以以后再聊这个事。你现在该睡觉了。"

苏珊娜捏了捏她的手，站起身。她对她微笑。就在她要打开门之前，伊斯特低声说：

"我知道，我不能带着孩子住在这里。"

苏珊娜还没来得及回答，她接着说：

"所以我明天去医院跟洛夫谈。他十点半上班。"

"你从哪儿知道的？"

"我能把他的上班时间背下来。"

苏珊娜微笑着摇了摇头：

"你还不知道自己是否爱他。"

"我去站在停车场那里等他。"

"或许你提前打个电话更好。"

"是吗？"

"嗯，先打给他，约个时间。"

"行。"


苏珊娜走进客厅的时候，基姆正要给她铺好沙发。他把垫子铺平，像她喜欢的那样。她站在那里打量着他。他转过身：

"怎么了吗？"

"没什么。谢谢你为我铺床。"

他肩膀一耸，没说什么，但是过了一阵子，当她躺在沙发上，他躺在地上，刚刚关了灯的时候，他向她伸出一只手，说道：

"你个傻瓜。"

"你也是。有的时候我会想，你要是不在这里的话，会容易一点。"

"或者要是你不在的话。你为什么在这儿？"

"我不知道。"

"这就是原因吧。"他说。

# 第二十七章

周四的下午她在十字路口旁的公寓打扫卫生。公寓很低，她可以看到过往路人的脸。楼上是一家牙医诊所，但是她听不到什么动静。有的时候地上会"砰"的一声，但是很快又安静下来。其他的大部分声音都被外面的交通声盖过了。

朝向街道的一面装着木制百叶窗。她每次都要把它们卷上去，擦窗框里的烟灰。抹布变得乌黑。偶尔路人转头看到她，会吓一跳。

公寓里住的是共产主义者的妹妹。苏珊娜从没见过她。她是个空姐，工作时间很不确定。架子上摆满了收藏品和音乐碟。冰箱上面放着一个大饮料柜和香烟盒。一个月以前那里放着一盒香烟，还有一张给苏珊娜的字条："你吸烟吗？要是吸的话这个给你。"字条放在餐桌上。她把香烟拿回家给了基姆，他很高兴。他说"就应该这样嘛"，而这让她有点恼。

那个周四，她打开门就知道空姐在家。几台台灯开着，衣服扔在浴室前的地板上，厨房里的咖啡机开着。她的第一个念头是离开，但她又不能让自己这么做。她站在走廊里想了一会儿，然后用不是很高的声音喊道：

"嗨，是我，打扫卫生的。"

卧室里突然传来一声巨响，门打开了：

"天！我给忘得一干二净。"空姐说。

她把头探到门外来。她的脸很小，一副睡过头的样子，头发乱蓬蓬的。

"那我要离开吗？"苏珊娜问。

"不不，但是你今天不用打扫卧室了。对不起，我没法出来跟你打招呼。"

"没关系，我保证静悄悄的。"

"没事，你不用想着我。要是想听音乐的话你就尽管听。"

空姐微笑着点了点头，关上了门。

苏珊娜打扫卫生的时候从不听音乐或者广播，那会让她分神。她走出去，把外套挂起来，找到了吸尘器。她想趁空姐还醒着先吸尘。这跟她以往的流程相反，但是之后用湿抹布的话，就没太大影响。她把衣服从地上捡起来，放到厨房的脏衣服筐上。插上电源，在走廊和厨房里吸一遍尘。灶台前的地面上有很多米粒。餐桌上的盘子里有半个蛋饼，旁边是几个杯子。

当她打扫完了厨房，关掉吸尘器的时候，一个男人的声音响起，拖得很长。有一秒她还以为是楼上诊所的声音，抬起了头。但是声音是从卧室里传出来的。她赶紧又打开吸尘器。

厨房和门厅的地面又吸了一次尘，还有灶台和窗框。当她关掉吸尘器的时候，男人的声音更大了，还掺杂着空姐的声音。苏珊娜快速地把吸尘器拖到客厅里，又打开它。

她比以往打扫得都彻底。再次关掉吸尘器的时候，只能听到外面的车声了。她把百叶窗打开。

她打扫了卫生间，之后收拾了厨房，提着肥皂水走进客厅。她拧干了抹布，把所有东西都擦了一遍。最后她坐在窗框上，开始把烟尘擦掉。

身后传来轻轻的声响。她转过身，看到那个男人拿起门厅的夹克，小心翼翼地走出去，关上门。她再次转过身，看到他直接走到了街上，把一个大尼龙包放在两腿之间的地上，穿上夹克。他拉上拉链，抬头直接撞见苏珊娜的目光。他看起来很惊讶，但是之后他顺着一扇扇窗户看下去，把目光移到更远的地方，好像根本没有注意到她一样。他拿起包走了。她赶紧擦完，悄悄走到厨房，倒掉桶里的水，尽量不发出声音，然后穿上外套。

就在她打开门要走的时候，她听到空姐娇羞的声音从卧室里传来：

"汉斯彼得？汉斯彼得？"

苏珊娜咔嚓一声关上了门。

骑车回家的路上，她想起自己没有拿到工钱。可能空姐之后会想起来，要不然也没关系。苏珊娜就把上个月的香烟当作工钱。

# 第二十八章

伊斯特上午跟洛夫谈过了。

她的心情不错，去了面包房，买了煎饼干，基姆泡了茶。他们坐在客厅里，点着蜡烛，当苏珊娜把自行车推到人行道的时候，就看到了窗框上的光亮。

"拿块饼干。"她的外套还没脱，伊斯特就把盘子举到她面前。

"嗯，谢谢。快告诉我怎么样。"

"你先喝点茶。"

伊斯特给她倒茶，眼睛没看杯子：

"嗯，我已经跟洛夫谈过了。"

"他说什么？"

"他向我道了歉。"

"他已经买了一个摇篮。"基姆说。

"他说他能理解我，所以我们约好要态度友好地见一次面，把事情过一下。"

"挺好。"

"苏珊娜，我明天晚上约他来这，希望你别介意。"

"没事的。"

"那我们可以去电影院。"基姆说。

"不，我们要去托本的生日。"

"噢，妈的！是明天？"

"我已经跟你说了很多遍了。只是去喝点酒。"

"其他人也去吗？"

"哪里还有其他人？"

"他七点来，但是我们约好提前各自吃晚饭。"伊斯特说。

基姆在吃过晚饭之后突然头疼。伊斯特坚持要他进卧室躺着，她暂时不需要床。苏珊娜不喜欢基姆躺在伊斯特的床单上休息，但是也希望自己能离开他一会儿。他们吃饭的时候他很讨人厌。菜里有根鸡骨头，而他就像个老头一样一直抱怨。

"这是根心愿骨①呢，"伊斯特说着夹起骨头，基姆撇着嘴。

"我他妈的才不愿意在菜里看到骨头。"

"不过是不小心带进去的。"苏珊娜说。

"很恶心。"

他现在躺在里面，在关上的门后面休息，伊斯特坐在客厅里吃剩下的饼干。

屋里的气氛很躁动。苏珊娜说不出为什么。伊斯特的大包躺在客厅的角落里，像往常一样，所有东西都在原处，除了今晚没开电视。伊斯特在聊着同洛夫的对话，他的转变和一些琐事，他七点钟会来，一切都在朝着正确的方向前进。要是他们再在一起的话，他们会像往年一样在伊斯

---

① 心愿骨为禽类胸骨上方的锁骨，相传如果在抚摸心愿骨的同时许下心愿，将会成真；佩戴心愿骨将会带来好运。

特的妈妈家过圣诞节，她做烤猪肉可是一绝。妈妈的两个姐妹也会来，带着她们的老公。每年都是如此。要是孩子提前出生的话，他们就从她妈妈家出发去医院。

伊斯特慢慢地嚼着油煎包，意识到自己一直在品它的味道。

"你们呢？你们圣诞节也坐在这，闷在家里吗？"她问，"你们一般干什么？"

"每年都不一样。"

"呃，今年呢？"

"我们还没决定。"

"你们从来不去基姆的爸妈家吗？或者你爸妈家？"在说"你"的时候，伊斯特喉咙里突然卡了什么东西，声音变了，咳嗽个不停。她站起来，弓着腰，好的那只手捂着嘴，打着石膏的胳膊来回摆动。苏珊娜紧跟在她后面，拍着她的后背，眼泪流下来。之后伊斯特的声音变得很弱，颤抖着。

"噗，"她说着倚到窗台上。苏珊娜注意到伊斯特穿上了靴子。

"我给你接点水。"她想应该是这双靴子让她觉得屋里的气氛很紧张。伊斯特已经很久没有在屋里穿过鞋了。

"你还没有回答我的问题。"伊斯特喝完水之后说。

"我们的父母？去不去不一定，但每年都会收到他们的邀请。"

"那你们为什么还待在这里？"

"我不知道。我们做不了决定。"

"问题出在哪儿？"

"基姆不是很喜欢家庭聚会。"苏珊娜说。

"哦。"

"而且到了圣诞节他会有些低迷。"

"我的妈呀！你要不要再吃个油煎包？"

八点刚过，托本打电话来取消明天的活动。他和简都坏肚子了。对话很短。他们约好了周末再打电话。

苏珊娜把话筒放下，立刻取来了报纸看影院预告。她定了两张票，是基姆一直在说的那部电影。

# 第二十九章

周五下了雪。

苏珊娜上午在家打扫卫生。脏的地方越打扫越多。一边的踢脚线擦干净了，另一边的更脏。她擦好灶台，还要把厨房的地面擦干净，之后把冰箱搬开，后面墙上的瓷砖也不干净。一个连着一个。不管她看向哪里，都能找到污渍、灰尘、黏糊糊的东西。卫生间就自成一章。她一直干，直到所有东西都干净了，再没有地方需要多擦一下了。

伊斯特躺在双人床上睡觉。

基姆坐在电脑旁。

上午快结束的时候，苏珊娜突然特别饿，必须马上吃东西，吃点有营养的。她把三片面包放到盘子里，涂上蛋黄酱，摆上鸡蛋，狼吞虎咽。之后她想吃点甜的，幸运的是柜子里放着一些小饼干，吃了一把之后，她感觉浑身乏力，不得不走到沙发前，躺下来。她面朝天躺着，看着天花板。一个角落里挂着蜘蛛网。她计划用吸尘器打扫天花板，圣诞节之前无论如何也得干一次。然后她就睡着了，被吵醒的时候，伊斯特站在那里，用打着石膏的胳膊指着她：

"你就躺在这里什么都不干？我必须得洗个澡了。"

"你要洗头吗？"

"嗯，谢谢。今天你还得帮我盘头。"

"没问题。"

"这里有股什么味道？你又打扫卫生了？"伊斯特脚跟着地转过身，走到卫生间，关上门，过了一会儿门又开了，她的衣服堆成一堆，咯咯地笑道：

"来吧，亲爱的，妈妈要洗澡了。"

苏珊娜猛地抬起胳膊，走到浴室去。她给她洗头的时候，伊斯特高高地举着石膏胳膊，好的那只手撑着墙。她不得不稍微屈膝，苏珊娜才能够到她的头发。

她的身子很巨大。屁股基本是个四方形，后背上多了四个游泳圈，洗发露顺着它们流下去。

"你站在那里看我的肥肉呢吧？"伊斯特说。

"闭嘴吧，安静地站着。"

"我还得涂润发露，谢谢。"

"你现在可以站起来了。"

"我永远都不会忘记你的大恩的。别，只要上面一点。"

"你真他妈的事儿多。"

苏珊娜把润发露冲掉，用毛巾把头发包起来，帮伊斯特走出浴室，伊斯特有点发抖：

"呼，我就是在这儿摔的，你还记得我的手当时看起来什么样吗？"

"嗯，但现在你可以踩在毛巾上走过去。"

伊斯特擦干了身子，包着浴巾走进卧室。苏珊娜去清理浴室里的地。之后伊斯特在门厅穿好了衣服，因为基姆还坐在那里工作。

"你能不能也给我洗个澡？"他从卧室里喊道。她站在厨房里，给伊斯特找到茶叶，泡上茶，走进屋里，给了他一个吻：

"等我们再独住的时候，每天都可以。"他回给她一个激情的吻，他的心情又变好了。

他们五点就吃上了晚饭。通心粉配肉酱。伊斯特每次只叉起一块通心粉，小心翼翼地不让肉酱溅到自己的新毛衣上。她在厨房看了一圈。

"你打扫得真他妈干净。"

"这里看起来毫无人气。"基姆头都没抬地说。

吃完饭之后，苏珊娜为伊斯特化好妆。她还帮她绑了一个头。伊斯特喝了一点伏特加，"为了开个好头"，然后她在客厅的家具上练习各种坐姿。

"我什么时候最自然？"她说。

"一直很自然。"苏珊娜说着走出去给自己化妆。基姆站在镜子前，拍着自己的脸颊。他冲她眨着眼睛，通常他不会这么做。

"你是在尝试模仿谁吗？"她说着也冲他眨眼睛。他们就这样朝对方眨了大概十几二十次眼，走出了门也一样，在雪中走向车站的时候也一样。他们的时间很充足，但是不出意料，那辆公交没来，下一趟又迟到，站满了人，所以他们下了车就往电影院跑，根本没来得及喝杯咖啡或者啤酒。

基姆完全沉浸在电影里。她看他的时间比盯着大屏幕的时间长。他捏捏她的手，靠过来：

"看电影。你现在应该看电影。"

"嗯嗯。"她悄声说。她强迫自己看电影，但是之后就闭上了眼睛，看到他的脸浮现在光中。之后她想象着家里的客厅，圣诞树立在中间，厨房传来笑声。她还想着今天打扫了多少卫生，这个星期加起来一共多少小时。她在脑海中建起一座新的公寓，然后在一个美好的圣诞节夜晚，端着圣诞烤鸭穿过相连的三间豪华客厅。

她想着伊斯特。她正坐在家里，跟洛夫谈判。或许等他们回家的时候，她已经跟他走了。他们没有谈起这件事，但是伊斯特把所有的东西都打包好，装到了大背包里。他们仅仅简单地说了再见。但是在他们走向车站的时候，伊斯特站在窗前，向他们招手。她看起来像一只庞大的、严肃的女鬼。这是基姆的说法，而他说的没错。

她在电影演到一半的时候睡着了，通常这是基姆会做出的事。当灯光亮起，她睁开眼睛的时候，他冲她微笑。之后他们漫步到了小路上的一家酒馆。他兴致高昂，一直讲个不停，都是关于那部电影的。她点着头。她喝可乐，而他已经喝了好几大杯啤酒。再加一杯。当他不再眉飞色舞的时候，她知道他已经没什么好说的了。她拉起他的手：

"还好托本的生日被取消了。对你来说，看那部电影要好得多。"

他没有回答，脸上也没什么表情。

"我给他买了件内衣，现在给你了，是个大号。怎么了吗？"

"没什么。"

他又喝了一大口啤酒。

"我在想今年要不要买一棵圣诞树。"她说。但是接着他放下酒杯，把视线从她身上移开，移到窗外。她知道，她在电影之后已经扯得太远了，圣诞树，内衣。

他仍然一言不发。走出门的时候，他搂着她的肩膀。雪停了一会儿，但是屋顶和广场地面上的雪被风吹得到处都是。回家的公交车上她一直保持沉默，为了补偿刚刚的失态。他亲吻着她，有股啤酒的味道。当他们下车的时候，雪又下起来，比之前更猛烈。他扶着她跨过一个她完全可以自己踏过的雪堆。他们在人行道上小跑着。还没过红绿灯，他们就看到家里没有光亮。他哗啦啦地拿出钥匙，为她打开门。

但是伊斯特在家。她坐在黑暗里，双手交叉在一起。

他们站在门口看着她，不知所措，雪还夹在头发里。

"没，他没来。"伊斯特说着解开双手。她从沙发上站起身，走到客厅中央，步伐沉重，好像要演一部独角戏：

"但是羊水在七点一刻的时候破了。"她说着跪了下来。

客厅里很热。水顺着他们的头发滴下来，外套上的雪开始融化。

"现在每隔七分钟就会痛。"她说。阵痛紧接着就开始了。

# ❧ 第三十章 ❧

　　伊斯特那个晚上给妇产科打了好几次电话，很冷静。她交替着一会儿坐在沙发上，一会儿跪在地上。她坚持要把灯关上，这样她才能更好地"集中力气"。只有阵痛过去之后，她才会快速地把灯打开，记下时间。然后又把灯熄掉。整个过程基本不需要苏珊娜帮忙，基姆更是根本插不上手。他来回走动了一个小时，直到苏珊娜说他应该进屋躺下。她觉得自己很精神，她坐在扶手椅里，打量着伊斯特，帮她在沙发和地板之间走动，跟随着她的呼吸。她提出要给洛夫打电话。伊斯特在阵痛中抬起头来，说她不需要那个蠢货。她在阵痛的间隙基本什么都不说，可能是在冥想。苏珊娜给她递过一杯水的时候，她道了谢，眼睛通红："电影怎么样？"但是她闭上了眼睛，深呼吸，没对回答做什么评论。

　　到了三点多的时候出现了转折。阵痛的间隙变得很短，苏珊娜有一阵子很紧张，可能伊斯特快要没有力气了。现在她一直在地板上，靠着餐桌，或者跪在地上，脑袋耷拉着，她的声音变得更深沉，一声"嗷呜呜呜"让人想起贝斯声。苏珊娜打开灯，站在伊斯特的身旁，抚摸着她湿透了的头发。伊斯特转过脸，咬着嘴唇，声音微弱地说道：

"你现在可以打电话订出租车了，快了。"

"我现在就打。"

但是电话要等，她试了三个不同的号码，每个号码前面都有七八个人在等。她等啊等，伊斯特跪在地上，好多次宫缩阵痛之后，终于打通了。为了确保没说错，她把地址和名字重复了两遍，但电话那一头的女人最后说：

"最久可能要等五十分钟车才能到，现在很忙，正是圣诞聚餐的时候。"

"但是我的朋友就要生孩子了。"苏珊娜说。电话已经被挂断了，她转过头对伊斯特说：

"能行吗？要等一会儿。"

"多、多久？"

"最长五十分钟。"

"不、不行。"

苏珊娜转过身：

"我要不给急救打电话？"

"不，不，要自己去医院，我又不是生病。"

然后伊斯特又挣扎起来，时间很久，很激烈。苏珊娜跑进屋喊醒基姆：

"伊斯特要生了。你必须开车送我们去医院。"

"现在？是现在吗？但，我喝酒了。"

他跌下床，跟着苏珊娜走进客厅，伊斯特抬起头，朝他伸出灰色的舌头：

"滚开，你以为这是马戏团吗？"

然后又一阵阵痛过去了，苏珊娜拿起自己的包，穿上夹克，从衣架上拿下伊斯特的外套，整了整她的靴子。

"你能穿上衣服吗，伊斯特？我来开车。"

138

基姆在地上帮伊斯特，他对她微笑，而她尝试着用打着石膏的手打他。

　　"我得带上我的包。不是，那个小的。"

　　"我把车开到门前来。"

　　苏珊娜找出钥匙，走进卧室找到电话本，回到客厅的电话前，现在没下雪，门厅那里又是一阵阵痛，她给洛夫打去电话，但是只有留言机里伊斯特的声音，"您给洛夫和伊斯特打来了电话……"

　　"我们现在走，你能行吗，伊斯特？"

　　"不能。"


　　基姆坐在后面，两只手各搭在伊斯特的一边肩膀上。当伊斯特宫缩的时候，苏珊娜必须要停车，或者把速度降到最慢，"我受、受不了，停车"，他们小心翼翼地在雪地里开着，车子吱嘎作响，风拍打着窗户。

　　幸运的是车不多。苏珊娜紧紧握着方向盘，通风挡开到了最大，伊斯特吐气，再吐气，一切都上了水雾。他们花了二十分钟才到医院。苏珊娜一直把车开到妇产科门口，让基姆陪伊斯特进去，她去停车。

　　妇产科墙上的大钟显示时间已经将近四点半了。基姆坐在等待室里，她坐在躺着的伊斯特旁边。她握着她的手。助产士仔细检查了一番：

　　"伊斯特，你现在根本不够开，还完全不能生呢，得再积累点力气。你要果汁吗？"

　　伊斯特点了点头，也安静了下来，她有了氧气和饮料，很多饮料。她的嘴唇干裂了，汗水流下来。

　　"你最好出去走走。"助产士说。大家一起帮伊斯特从

139

病床上挪下来，下一次阵痛接着就开始了。

"接着走，想着打开，打开。"助产士说。伊斯特挤着眼睛，她的整张脸都皱在一起。她们停下的时候，她抬起头看着表，之后看着苏珊娜说：

"洛夫应该两个小时以后上班，他可能会迟到。"

苏珊娜点了点头，她明白伊斯特的意思：

"嗯，马上就过去了，伊斯特。"

"他是个十足的蠢货。"

"对，他是。"

"你现在可以给他打电话了。"

"现在？好的。"

伊斯特放开她的手，拉住了护士。

基姆坐在走廊的尽头，头倚在墙上。他一看到她就站起身：

"还行吗？"

她点了点头：

"嗯，但是还得花点时间。我要给洛夫打个电话。"

"现在？"

"对。过来。"

她拉过他的胳膊，放到自己的胳膊底下，他们就这样站着，他好好地抓着她，搂着她，最后她不得不自己挣脱。她亲了亲他的脸颊，然后走出去打电话。

直接转到了留言机。她又走回来，基姆坐在椅子上，疑惑地看着她。她摇了摇头，走到正在阵痛中的伊斯特旁边。

"现在开些了。"助产士说，当宫缩结束的时候，伊斯特把脸转过来朝着苏珊娜：

"他不接？他总是把电话线扯掉。"

然后接过来一杯果汁，一饮而尽。


六点一刻的时候伊斯特开始使劲，还好这个过程很顺利。助产士和一位年长的护士各站在病床的一头，让伊斯特把腿蹬在她们腰间，助产士的眼镜滑落到鼻子上：

"别说话，别说话，用尽全力，很好。"

"你已经休息了一会儿了，现在使劲。"护士说着给苏珊娜一条新的湿毛巾，她可以压着伊斯特的额头。苏珊娜抚着伊斯特的头发：

"很好，你做得很棒。"

"不，我已经要死了。"

然后下一次宫缩开始，没太大进展，听起来好像伊斯特在通过一堆平行的管子出气，助产士骂了起来：

"你别大喘气啊，伊斯特，用这股气来使劲。"

但是宫缩过去了，伊斯特的头落到一边，面色苍白，精疲力尽，苏珊娜弯下腰，伊斯特悄声说：

"你的脸上蹭了东西，那里。"

"是吗？"

"你肯定很累。你是我最好的朋友。基姆呢？"

"他坐在外面。"

"你猜他能不能去接洛夫？他现在应该上班了。"

"你想的话当然可以。"

她跳出门去，基姆猛抬起头，好像之前睡着了。

"她生了吗？"

"还没。你要去接洛夫。"

"哪里？"

"在主厨房那边。出了门，走过下一栋楼，左拐，第三栋楼，穿过地下室，那有个标志。"

"但他长什么样？"

"很难说。你问他们。"

"是往左拐？"

他穿上夹克走下楼梯的时候，她走到窗前，看到他出了门左拐，站住，往前走了一段，又站住。她做了一个快速的决定，跑着赶上他。

"基姆，你去伊斯特那里，我自己去找他。"

她超过他，朝着第三栋楼跑，差点儿在台阶那里滑倒了。她进了电梯，按向下键，手掌搓着大腿，快呀，快呀。门开了，她跑在水泥地面上，这种声音很熟悉。打开一扇门，又一扇门，洛夫站在那里，同另两个男人抽烟。他看起来很惊讶，她差点喘不上来气。

"洛夫，伊斯特要生了。"

"现在？今天？"

她再一次对他的声音感到困惑，那是一种极温暖的声音，她很喜欢。那个她曾经见到同他在一起的胖女人从屋子最后面的冰箱前转过身。

"发生了什么，洛夫？"

他没有回答，但是另一个男人笑了一声：

"牛生犊咯！"

苏珊娜为洛夫开了门，然后转过身对那个男人说：

"闭上你的臭嘴吧！"


他们一路跑，洛夫跑在前面。当他跑到妇产科的入口的时候，才转过身对她说：

"她在哪里？"

"正中间那屋。"

他们在门前喘了一口气。苏珊娜先打开门走进去，洛夫在她身后清了清嗓子。伊斯特的两腿之间夹着一个小脑袋，他们正要开始往外吸。

基姆站在床头，握着伊斯特的手。伊斯特放开他，朝苏珊娜伸出手去。苏珊娜接过手，握着。伊斯特抬头看着她，然后看着她身后的洛夫。最后一次宫缩结束，女孩儿生出来了。

洛夫朝着伊斯特走过去，弯下身。

苏珊娜后退了几步，退到基姆的怀里。

助产士拍了拍胳膊：

"嚯！好大一群人。"

孩子躺到伊斯特的肚子上，哭声弱了，现在换成伊斯特哭：

"谢谢，所有人，谢谢你们为我做的一切。"

"你应该谢谢你自己。"助产士说，所有人都点着头：

"对，伊斯特，你最应该谢你自己。谢谢你自己。"

应苏珊娜的要求，基姆之后就开车回了家。他看起来一点精神都没有。她把他送到车前，帮着他把车道清理出来。他们给了彼此一个拥抱。然后她走上楼，伊斯特还在缝针，那个小女孩躺在她的胸口。

洛夫已经回去报信了。

苏珊娜坐在那里，看着小婴儿和伊斯特。除了吼缝线的助产士或者尖叫的时候，伊斯特一直在微笑。洛夫回来了，拿着一大束花：

"我敲开了花店的门。"

他亲吻伊斯特和那个小婴儿，然后又亲亲伊斯特。

"你昨天为什么不来？"伊斯特说。

"我说了你也不会相信的。"洛夫说。

苏珊娜八点半左右离开。天就要亮了，道路是灰色的，都是雪泥。但是房顶和车上还是雪白一片，大概零度，她深深地吸了一口气。

# 第三十一章

站台上停着一辆火车。她两级台阶两级台阶地跳下去，在车门关闭前两秒钟赶上了，车开起来。她在车厢门那里站着，靠着玻璃门。一个女人靠在另一边的玻璃门上。

"大早上的还这么有活力，"那个女人说，"其他人可没这力气。"

苏珊娜望向窗外的一排后花园，很多树上和灌木丛上都点缀着小灯泡。

那个女人明显不是哥本哈根人。她的口音不对。

"晚上好好地睡个觉，都是多少年前的事情了。我们今晚住在宾馆里，但是也不会好到哪里去。行了，要操心的事多着呢。我们去看女儿。"

她往前靠了一点：

"你能听出来我是哪里人。我老公就坐在那边。"

她向后指着车厢里有点发胖的男人。他穿着件棉袄，头垂着，看着地面。

"我们轮流来看着钱袋子，"她低声说，"看钱的那个站在这里，这样更加保险。我们分工。"

苏珊娜侧过身，看外面的足球场，还有旁边一个打开车门坐进去的男人。然后她抬起头看着车厢顶。

"大城市就这点不好，得自己看好东西。"那个女人说。

"我女儿住在圆盘那边，买了半间公寓。"

她把圆字发成了第四声。

"每天都得带着自行车爬楼，几层？六层。我们连自己爬上去都费劲儿，才没那个力气。你也带着钱袋吗？"

苏珊娜摇了摇头。

"你应该带着。我女儿每天带着去上学。她读文学的，只能在这个大学读。"

现在这个女人完全靠过来了。

"你能明白她来这大城市想干吗吗？"她低声说。"有些人在她楼道里拉屎撒尿。"

"谁？"苏珊娜说。

"没人知道，有些人偷偷溜进来。这群该死的。"

她擤了擤鼻子。

"但是她不会去投诉，大多是其他人去。我们就捂着鼻子上楼。"

苏珊娜又看向坐在车厢里的那个男人。他还看着地面。

"嗯，你可得好好听我的话。"女人说，"两个人得分工。"

# 第三十二章

她跟基姆提议要邀请托本和简来参加圣诞聚会。他笑着摇了摇头：

"我们永远也不会变成一家人的。"

"我很想啊，而且我准备好了。"

那些天里，他也准备好了，她知道。最后他答应了，而且托本和简也愿意来。

苏珊娜写下了购物单子，挨个儿打钩。她把花环挂在门上，并且买了礼物。伊斯特住院的那四天，她每天给伊斯特打电话，一切都很好，奶水很足，婴儿吃得很开心。周二的时候，洛夫来拿走了伊斯特的大包。

周三下午苏珊娜和基姆走到卖圣诞树的地方。苏珊娜可以自己挑。她挑了最大最高的一棵，有两米多高。他们差点儿没法把它拖回家，更不用说是抬进屋了。

他们不得不绕到后花园，拉着树穿过厨房的门。门总是被刮上，麻烦得很，直到苏珊娜拿来了基姆十一月的那个周六捡来的砖头。他们拿它来挡门，树终于立在客厅里。

圣诞树刚刚好。傍晚，她在上面摆上蜡烛和小挂件。她靠着窗坐下来，外面一片雪白，所有的东西都在闪光。

# 图书在版编目（CIP）数据

关于同一个男人简单生活的想象 /（丹）海勒·海勒著；郗旌辰译.—北京：中国国际广播出版社，2019.1（2024.1重印）

（北欧文学译丛）

ISBN 978-7-5078-4358-3

Ⅰ.①关… Ⅱ.①海…②郗… Ⅲ.①长篇小说—丹麦—现代 Ⅳ.①I534.45

中国版本图书馆CIP数据核字（2018）第216575号

著作权合同登记号 01-2017-7562

**DANISH ARTS FOUNDATION**

# 关于同一个男人简单生活的想象

| | |
|---|---|
| 出 品 人 | 宇 清 |
| 总 策 划 | 王钦仁 |
| 策 划 | 张娟平 凭 林 |
| 著 者 | ［丹麦］海勒·海勒 |
| 译 者 | 郗旌辰 |
| 责任编辑 | 高 婧 张娟平 |
| 装帧设计 | Guangfu Design l 张 晖 |
| 责任校对 | 徐秀英 |

| | |
|---|---|
| 出版发行 | 中国国际广播出版社有限公司 ［010–89508207（传真）］ |
| 社 址 | 北京市丰台区榴乡路88号石榴中心2号楼1701 |
| | 邮编：100079 |
| 印 刷 | 天津鑫恒彩印刷有限公司 |

| | |
|---|---|
| 开 本 | 880×1230 1/32 |
| 字 数 | 110千字 |
| 印 张 | 5.25 |
| 版 次 | 2019 年 1 月 北京第一版 |
| 印 次 | 2024 年 1 月 第四次印刷 |
| 定 价 | 45.00元 |